50

Le fantôme
de Val-Robert

C'est grâce à un programme d'aide à la traduction du Conseil des Arts du Canada que les Éditions Pierre Tisseyre ont mis sur pied, en 1980, la collection des Deux solitudes, jeunesse, dans le but de faire connaître aux jeunes lecteurs francophones du Québec et des autres provinces les ouvrages les plus importants de la littérature canadienne-anglaise.

Ce même programme permet aussi aux œuvres marquantes de nos écrivains d'être traduites en anglais.

Déjà plus d'une trentaine d'ouvrages, choisis pour leur qualité, leur intérêt et leur originalité, font honneur à cette collection, qui fut, jusqu'à l'automne 1989, dirigée par Paule Daveluy et, depuis, par Marie-Andrée Clermont.

BEVERLEY SPENCER

Le fantôme
de Val-Robert

traduit de l'anglais par
Martine Gagnon

ÉDITIONS PIERRE TISSEYRE
8925, boulevard Saint-Laurent — Montréal, H2N 1M5

Dépôt légal: 4e trimestre 1990
Bibliothèque nationale du Canada
Bibliothèque nationale du Québec

Données de catalogage avant publication (Canada)

Spencer, Beverly

[Ghost of Sullivan Town. Français]

Le fantôme de Val-Robert

(Collection des deux solitudes. Jeunesse).
Traduction de: The Ghost of Sullivan Town.
Pour les jeunes de 10 à 14 ans
ISBN 2-89051-414-5

I. Titre. II. Titre: Ghost of Sullivan Town. Français.
III. Collection.

PS8587.P46G5614 1990   jC813' .54   C90-096637-8
PS9587.P46G5614 1990
PZ23.S6363Fa 1990

L'édition originale en langue anglaise
de cet ouvrage a été publiée par
Gage Publishing Ltd., Toronto
sous le titre
The Ghost of Sullivan Town
Copyright © Beverley Spencer, 1984

Illustration de la couverture :
Caroline Merola

Merci à ma mère et à Leslie Koster,
ainsi qu'à Ted Karkut

COLLECTION DES DEUX SOLITUDES, JEUNESSE
grand format

OUVRAGES PARUS DANS CETTE COLLECTION:

CALLAGHAN, Morley
  La promesse de Luke Baldwin
  traduction de Michelle Tisseyre
CLARK, Joan
  La main de Robin Squires
  traduction de Claude Aubry
DOYLE, Brian,
  *Je t'attends à Peggy's Cove**
  traduction de Claude Aubry
  Prix de traduction du Conseil
  des Arts, 1983
  En montant à Low
  traduction de Claude et
  Danielle Aubry
FREEMAN, Bill
  Le dernier voyage du Scotian,
  traduction de Maryse Côté
  Premier printemps
  sur le Grand Banc
  de Terre-Neuve
  traduction de Maryse Côté
GERMAN, Tony
  D'une race à part
  traduction de Maryse Côté
HUGHES, Monica
  Mike, chasseur de ténèbres
  traduction de Paule Daveluy
  La passion de Blaine
  traduction de
  Marie-Andrée Clermont
LITTLE, Jean
  Écoute, l'oiseau chantera
  traduction de Paule Daveluy
  Maman va t'acheter
  un moqueur
  traduction de Paule Daveluy
LUNN, Janet
  Une ombre dans la baie
  traduction de Paule Daveluy

MACKAY, Claire
  Le Programme Minerve
  traduction de
  Marie-Andrée Clermont
MAJOR, Kevin
  Tiens bon!
  traduction de Michelle Robinson
MONTGOMERY, Lucy Maud
  *Émilie de la Nouvelle Lune, 1**
  *Émilie de la Nouvelle Lune, 2**
  Émilie de la Nouvelle Lune, 3
  traduction de Paule Daveluy
MOWAT, Farley
  Deux grands ducs dans
  la famille
  traduction de Paule Daveluy
  La malédiction du tombeau
  viking
  traduction de Maryse Côté
  Une goélette nommée
  Black Joke
  traduction de Michel Caillol
SMUCKER, Barbara
  Les chemins secrets de la
  *liberté **
  traduction de Paule Daveluy
  Jours de terreur
  traduction de Paule Daveluy
  Un monde hors du temps
  traduction de Paule Daveluy
TRUSS, Jan
  *Jasmine**
  traduction de
  Marie-Andrée Clermont
WILSON, Éric
  Terreur au bivouac
  traduction de Michelle Tisseyre

* Certificat d'honneur de l'Union internationale pour les livres de jeunesse,
pour la traduction (IBBY).

COLLECTION DES DEUX SOLITUDES, JEUNESSE
format poche
directrice: Marie-Andrée Clermont

OUVRAGES PARUS DANS CETTE COLLECTION:

1

La porte de la cave s'ouvrit en grinçant, d'elle-même, sans l'aide de personne. Les portes s'ouvraient toujours ainsi à la vieille bibliothèque de Val-Robert. J'aurais dû m'y attendre, car la bibliothèque faisait penser à un château ancien en miniature — ses tours en pierre, couvertes de lierre, semblaient la proie d'une multitude de serpents verts — mais je n'aimais pas cela, j'avais chaque fois la chair de poule.

— Croyez-vous aux fantômes? demanda Hugo à Larocque, le nouveau bibliothécaire.

— Bien sûr que non! Les fantômes sont le fruit de l'imagination d'esprits dérangés.

Ce qui signifiait que les fantômes n'existent pas. Avec son ventre bedonnant et ses petits bras poilus, Larocque avait tout le charme et la beauté d'une araignée. Il nous dominait de sa haute taille, même si Hugo et moi étions tous deux grands et maigrichons pour notre âge. De plus, il se plaisait à mal-

9

mener le personnel étudiant, en l'occurrence, nous. Nous ne travaillions pour lui que depuis une semaine et j'avais déjà l'impression que l'été ne finirait jamais.

— Si vous croyez pouvoir vous soustraire au travail pour lequel je vous ai engagés en inventant des idioties sur le surnaturel, détrompez-vous. Allez! Descendez à la cave et commencez à ranger.

Sur ce, Larocque nous poussa dans l'embrasure de la porte, vers l'escalier du sous-sol. Je relevai Hugo qui avait trébuché. La porte se referma derrière nous dans un hurlement de chat torturé. Les marches gémissaient sous nos pas.

«Pourquoi ai-je accepté ce stupide emploi?», me suis-je demandé, désespérée, tout en sachant trop bien pourquoi. Comme nous étions sans le sou, papa était parti à la ville chercher du travail et il m'avait laissée avec tante Sara. Et une fille de onze ans comme moi, même si elle peut courir plus vite et grimper aux arbres mieux que n'importe quel garçon de son entourage, ne pouvait trouver aucun autre emploi dans cette ville à moitié morte.

Larocque nous avait engagés, Hugo et moi, parce qu'il se figurait que nous étions trop jeunes pour lui causer des ennuis. Hugo n'avait que dix ans et demi, un bébé presque, comparé à moi. Je parie que, dans une grande ville, Larocque n'aurait pas pu s'en tirer en engageant des mineurs comme nous. Mais dans un coin comme Val-Robert, il n'y avait personne pour s'opposer à notre engagement, sauf les enfants plus âgés qui, de toute façon, ne voulaient pas travailler à la bibliothèque.

À l'autre bout de la cave, une boîte se renversa avec fracas. J'eus soudain l'impression que des insectes aux pattes glacées avaient entrepris l'ascension de ma colonne vertébrale. Hugo remonta ses lunettes sur son long nez pâle et fixa les ténèbres. Avec ses cheveux roux plaqués sur la tête, ses taches de son et ses grands yeux, il ressemblait à un hibou. Enfin, si les hiboux peuvent être maigres! Quant à moi, avec ma tête brune échevelée, plantée sur un corps semblable à une asperge, j'avais l'air d'une vadrouille. Et, à en juger par la façon dont me traitait Larocque, je ne valais pas plus.

— Qu'attendez-vous pour descendre? grogna-t-il. Allez, allez!

— Je suis allergique aux sous-sols. Ça me donne des boutons, improvisai-je, en tentant de passer devant Larocque pour remonter l'escalier.

— Ne sois pas ridicule, Nickie, répliqua le bibliothécaire hirsute en me poussant vers le sol glacé de la cave. Tu vois ces boîtes?

Même en regardant bien, il était difficile de distinguer quoi que ce soit dans l'obscurité. Il y avait une petite fenêtre tout en haut mais, comme elle était couverte de lierre, elle n'éclairait que faiblement des piles de boîtes en désordre. Sur chacune d'elles, quelqu'un avait inscrit l'année en gros chiffres. Quelques-unes étaient tombées par terre et des monceaux de papiers s'entassaient entre elles. Il y avait aussi un bidule à deux roues coincé entre les cartons près de la fenêtre.

— Triez tous ces papiers et placez-les dans la boîte correspondant à l'année, puis empilez chacune d'elles près du mur, ordonna Larocque; j'en examinerai le contenu plus tard. Ne touchez pas aux documents qui sont déjà dans les boîtes. Qui sait quel dommage vous pourriez causer? Replacez-les seulement.

Cela dit, il remonta au rez-de-chaussée.

Au début, tout semblait plutôt calme en bas, tout sauf mes nerfs qui dansaient les claquettes.

— Pas de fantôme ici, dis-je avec optimisme, seulement du désordre.

— Crêpes au sirop! dit une voix.

«Hugo et ses expressions bizarres!» Mais pourquoi m'en étonner? Il venait tout juste de quitter la ville pour emménager ici et il était loin d'être normal: il collectionnait les timbres, ces petits morceaux de papier enduits de colle au verso. De plus, le premier jour de travail, il avait trébuché à trois reprises et s'était blessé cinq fois. Je ne l'avais jamais vu sourire et il parlait comme un instituteur.

12

En fait, on pouvait à peine le qualifier d'être humain.

Nous avons donc commencé à empaqueter les boîtes et à les ranger. Il n'y a rien de tel que d'avoir les nerfs en boule pour accélérer les choses. On s'est rendu compte en un rien de temps que chaque boîte correspondait à une année, de 1950 jusqu'en l990, l'année en cours. Il y en avait un nombre désespérant, car, puisqu'il n'y avait pas d'hôtel de ville à Val-Robert, toutes sortes de vieux documents moisis étaient conservés ici. Personne n'y avait touché depuis cinq ans. En fait, depuis que la dernière bibliothécaire était morte ici même, à la cave.

L'argent nécessaire au fonctionnement de la bibliothèque s'était épuisé et il avait fallu fermer ses portes. Personne n'avait rangé depuis. Et si Dieu avait entrepris de redécorer l'univers, il n'aurait pu relever un plus grand défi. Les boîtes étaient dans un terrible fouillis, comme si quelqu'un avait eu pour mission de tout détruire une fois sa recherche terminée. La boîte datée 1985 était la pire: presque tout son contenu de vieilleries avait été éparpillé sur le sol. On aurait dit qu'elle avait été fouillée une centaine de fois.

— Mais c'est impossible! dis-je en grognant.

— Commence par un bout, puis rends-toi jusqu'à l'autre.

— Bonne idée, dit Hugo.

13

— Tu ne vas tout de même pas t'applaudir parce que tu as quelques bonnes idées! rétorquai-je.

Hugo me regarda en plissant ses yeux de hibou.

Nous avons donc retiré les boîtes appuyées contre le mur pour faire de la place pour les plus vieilles. La poussière ne me dérangeait pas. Je portais mes éternels jeans troués et mon T-shirt, alors un peu plus de saleté n'y changerait rien. J'ai rangé lettres, papiers, livres et revues dans la boîte marquée 1985.

— Je ne trouverai plus rien maintenant, se plaignit quelqu'un.

— Tu ne pouvais rien trouver auparavant non plus, ai-je précisé en lançant une boîte vide sur le dessus d'une pile.

— Touché! dit la même voix. Je suppose que tu pourrais faire mieux?

— Hugo, avoue que tu n'as pas de très bons yeux. N'est-ce pas là pourquoi tu trébuches toujours?

J'avais agrippé un gros carton que je tentais de soulever.

— Cet endroit était un vrai désastre quand je suis arrivée, expliqua quelqu'un.

— Nickie!

— Quoi?

— Je ne t'ai pas parlé, répondit Hugo.

J'ai levé les yeux.

— Évidemment, j'ai fait ce que j'ai pu...

14

Je ne savais plus si je devais vomir ou crier. Devant nous, suspendue dans l'obscurité, une tête de femme aux cheveux gris et au regard songeur parlait à toute vitesse. L'apparition s'arrêtait au cou.

Hugo s'était approché de moi. Sa figure avait pris un ton encore plus pâle que de coutume.

— Y a-t-il quelque chose qui ne va pas? demanda l'apparition.

Je n'avais rien entendu de son long discours. Je serrais le bras de Hugo — suffisamment fort pour lui faire mal — tout en essayant de maintenir ma respiration. «Inspire, expire! tu n'as pas perdu la boule, Hugo la voit aussi. Inspire, expire!»

— Où est le reste de votre corps? s'informa Hugo.

— Quoi?

La tête se pencha vers le sol.

— Oh, oh! dit-elle en nous adressant un sourire forcé.

Le visage aux traits délicats et aux yeux brun clair se figea dans un effort de concentration avant que n'apparaissent une paire d'épaules: celles-ci étaient vêtues d'une blouse brodée d'orange, de pourpre et de blanc. Puis deux pouces ont précédé une paire de mains et de bras fixés aux endroits habituels.

— C'est plus difficile que je croyais, marmonna la chose. Manque de pratique, voilà le hic.

Une taille fine apparut sous laquelle se dessinèrent peu à peu une jupe foncée, des chevilles et une paire de souliers.

— Voilà! dit-elle d'un ton satisfait. Ce n'est pas facile de s'habiller à la dernière mode quand on est mort, mais je fais ce que je peux, dit-elle en lissant sa jupe. Vous ne jouez pas au poker par hasard? Je suis une joueuse de premier ordre.

Quelqu'un geignit. C'était probablement moi.

— Je vous ai bien observés, poursuivit l'apparition, et j'ai décidé que vous étiez parfaits. Le temps est donc venu de faire connaissance.

— Parfaits pour quoi? dis-je en balbutiant.

La vision se mit à marcher de long en large, à grands pas. Sa jupe tournoyait autour de ses chevilles et elle gesticulait en parlant.

Elle passa à travers quelques boîtes et émergea à l'autre bout de la cave comme si de rien n'était.

— Une association! Voilà ce que je vous propose. Que nous mettions nos ressources en commun afin de découvrir l'auteur d'un crime.

— Un crime? répéta Hugo.

— Mais oui! mon assassinat. Vous comprenez, j'ai été supprimée: frappée à la tête avec un objet contondant. Par derrière.

Elle désigna une bosse, sur le derrière de la tête, presque entièrement dissimulée sous

16

ses cheveux épais ramassés en chignon. Un filet de sang le long du cou en précisait l'endroit. Cela me donna des frissons.

— Et comme je n'ai pas vu mon meurtrier, je ne sais pas qui m'a tuée. Voilà ce que je n'arrive pas à accepter. Jusqu'ici, mes recherches ont été gênées par mon... euh... état. De plus, mes lunettes ont été brisées au moment du meurtre et, sans elles, je suis incapable de lire un mot. À vrai dire, vous êtes un peu flous.

Elle nous adressa un sourire, l'air gêné.

— Il n'y a pas eu d'enquête, car tous ont cru que je m'étais blessée à la tête en tombant et que ma mort était accidentelle. Mais, à présent, je suis certaine qu'on peut éclaircir le mystère ensemble.

Elle rayonnait tout à fait maintenant, littéralement: une image de petite femme soignée, au visage animé, à travers laquelle on pouvait vaguement distinguer le mur de la cave.

— Quand avez-vous été assassinée? demanda Hugo.

— Il y a cinq ans.

— N'est-il pas un peu tard pour mener une enquête? fit-il remarquer. C'est long, cinq ans. Il y avait peut-être des indices à l'époque, mais ils ont probablement été détruits depuis.

— Excellente observation! dit la chose. Mais la bibliothèque a été fermée tout de suite après mon décès. Les indices que l'on aurait découverts à ce moment-là s'y trouvent peut-être encore. Et je crois que Val-Robert a très peu changé depuis ma disparition. Il y a donc de fortes chances pour que le meurtrier vive encore ici!

Hugo acquiesça d'un signe de tête, tandis que l'apparition souriait, rayonnante.

— Vous avez du talent, dit-elle, satisfaite. Intelligence, aptitude, jeunesse, courage... vous me plaisez.

Ses pieds s'estompaient peu à peu.

— Vous êtes un fantôme, n'est-ce pas? demanda Hugo, calmement.

— Fantôme? dit-elle d'un ton froissé, pendant que ses chevilles disparaissaient. Quel mot affreux. On croirait presque que je ne suis pas réelle.

Sa jupe s'effaça.

— Mais bien sûr que je suis réelle; tout autant que vous ou que n'importe qui. Je suis morte, voilà tout!

Puis, afin de prouver ce qu'elle disait, elle souleva une boîte, à distance. Le dessous de la boîte céda et son contenu s'éparpilla sur le sol.

— Peccadilles!

Seule sa tête était visible à présent.

— Que je sois visible ou invisible, morte ou vivante, ce n'est pas ce qui compte! déclara la tête.

Puis, en maugréant sur l'habileté requise dans l'art de la matérialisation, la tête disparut.

18

— J'ai oublié de me présenter, dit une voix lointaine. Je suis Mlle Béatrice Petitpas, la dernière bibliothécaire.

La voix s'affaiblit, puis la boîte retomba sur le plancher. J'en fis une imitation plutôt réussie. Hugo se tenait près de moi, les yeux rivés sur l'endroit où l'apparition s'était volatilisée.

— Fascinant! dit-il.

2

Les crises d'hystérie ne sont pas mon genre, mais j'ai fait une exception après la première apparition de Mlle Petitpas.

— Il faut décamper de cette bibliothèque, ai-je hurlé après avoir recouvré l'usage de la parole, elle est hantée.

— Pas vraiment, répliqua Hugo.

— Comment ça, pas vraiment? C'était un vrai fantôme, morceau par morceau. Si tu ne crois pas que ce dépotoir est hanté, tu es cinglé, lui dis-je, furieuse.

J'imagine que je n'étais pas encore remise de ma frayeur, ni de très bonne humeur.

— Ce que je veux dire, c'est que Mlle Petitpas ne cherchait pas vraiment à nous effrayer en nous apparaissant. Elle ne voulait que nous parler. Je crois que si elle avait voulu nous faire du mal, elle aurait pris un aspect bien plus terrifiant, précisa Hugo.

— Je me demande bien comment? Une tête sans corps me paraît suffisante!

— Le corps que nous avons vu n'était pas vraiment le sien tu sais, pas même la tête. Tout son vrai corps est enterré quelque part.

— Inutile de me le rappeler.

— C'est la chose la plus extraordinaire qui me soit jamais arrivée, dit Hugo en ajustant ses lunettes.

Ses cheveux roux brillaient dans l'obscurité.

— Extraordinaire pour toi, peut-être? Les cauchemars t'amusent aussi je suppose?

Mais pour moi, les cauchemars avaient perdu tout attrait depuis la mort de maman.

J'ai brusquement repoussé mes cheveux frisés qui tombaient sur mes yeux.

— Mais Mlle Petitpas est tellement gentille! insista Hugo.

— Les morts ne sont pas gentils: ce sont des fantômes.

Hugo tenta de faire appel à ma compassion. Tactique sournoise!

— Mlle Petitpas n'a pu reposer en paix pendant toutes ces années, car elle souffre. Elle doit découvrir l'identité de son meurtrier. Peut-être retournera-t-elle ensuite dans sa tombe.

— Cette demoiselle ne me fait pas l'effet du genre martyr. Et je doute qu'elle retourne jamais d'où elle vient: elle s'amuse trop pour ça. De plus, il s'agit d'histoire ancienne. Ce meurtre...

J'ai dû m'arrêter pour frissonner, car le mot seul suffisait à me donner la chair de poule. J'ai repris:

— Il y a trop longtemps qu'elle est morte. Si le crime avait eu lieu hier, ou même il y a une semaine, peut-être que deux jeunes et un fantôme pourraient le résoudre, mais maintenant... Et cette idée que les indices se trouvent encore ici après tout ce temps, je n'y crois pas.

— Mais, comme la bibliothèque était fermée, le meurtrier n'a pas pu venir et s'emparer des pièces à conviction.

Hugo tenta de piquer ma curiosité. N'avait-il donc aucune pitié?

— Tu ne veux donc pas savoir qui l'a tuée?

— Je ne veux rien savoir du tout.

— Je pense que c'est un merveilleux mystère, dit Hugo en battant des paupières.

— Et après? Qu'est-ce que cela peut bien faire?

— Tu connais SUPER-MOUSSE et son ingrédient mystère? finit-il par dire après un moment d'hésitation.

— Ouais.

J'avais entendu leur ritournelle à la radio.

Il sortit un morceau de carton de sa poche sur lequel on pouvait lire: *Le concours du grand mystère! Écrivez-nous et racontez-nous le grand mystère de votre vie. L'auteur du meilleur mystère du pays gagnera un voyage en Europe, toutes dépenses payées!!!*

— Tu veux aller en Europe!

— Non, mais regarde quel est le troisième prix.

Le deuxième prix consistait en un voyage en Floride, et le troisième était une machine à laver de marque Maytag. Les yeux de Hugo pétillaient. Il voulait la machine à laver pour sa mère.

— Pourquoi ta mère a-t-elle besoin d'une machine à laver?

— Ma mère est infirmière, mais, comme il n'y a aucun emploi du genre à Val-Robert, elle fait des lavages pour subvenir à nos besoins. Et notre vieille machine ne lave pas bien le linge, alors maman en relave la moitié à la main et c'est vraiment pénible.

— Pourquoi avoir déménagé ici, alors?

— Maman a hérité de la maison où nous demeurons et nous avons toujours rêvé de devenir propriétaires... Mais elle ne se doutait pas combien il serait difficile de trouver du travail ici. Et, comme mon père nous a quittés quand j'étais bébé, elle doit travailler.

Il n'y avait plus beaucoup d'emplois de quelque genre que ce soit depuis que le vieux Georges Robert était mort, cinq ans plus tôt, et que son fils Tom avait fermé l'Horlogerie, l'entreprise familiale. Mon père y avait travaillé, comme la plupart des gens ici, et les emplois occasionnels auxquels il s'était résigné depuis étaient devenus introuvables. La moitié des maisons se trouvaient maintenant inhabitées. Je suppose qu'il devait être difficile de gagner sa vie en faisant des lavages.

— Alors, tu te promènes avec les règles du concours dans ta poche en espérant découvrir un mystère?

Hugo haussa les épaules.

J'étais tentée de lui dire qu'il n'avait aucune chance de gagner le concours de SUPER-MOUSSE. Après tout, le pays était grand. Pourtant, je ne sais pourquoi, je ne m'en sentais pas le courage. Moi aussi je désirais quelque chose pour mon père. Et si j'avais pu l'obtenir en débrouillant un mystère, j'en aurais débrouillé des centaines.

— Ce n'est qu'une des raisons, dit Hugo, je trouve aussi Mlle Petitpas fascinante.

— Tu peux toujours épargner pour acheter une machine à laver, tu n'as pas besoin de gagner le concours.

— Sais-tu combien ça coûte une machine à laver automatique?

Par la suite, je me suis demandé si Mlle Petitpas avait assisté à notre conversation, trop polie cependant pour y prendre part. C'était tout à fait possible, car elle nous traitait comme si nous étions de vraies personnes, pas seulement des gamins. D'ailleurs, j'ai cru entendre un faible gloussement à quelques reprises. Et puis, où allait-elle quand elle disparaissait?

Le dernier argument de Hugo finit par me convaincre:

— Mlle Petitpas ne va pas quitter ces lieux.

— Hein?

— Elle ne va pas partir. Nous pouvons soit devenir amis avec elle et l'aider, soit mourir de peur chaque fois qu'elle apparaîtra.

Cet argument, des plus persuasifs, me laissa sans réplique. Autant dire que nous n'avions pas vraiment le choix. Eh bien, soit! nous allions nous associer.

3

Il était impensable que nous puissions terminer la réorganisation du sous-sol en moins d'une semaine. C'est donc là que nous avons repris notre travail le lendemain matin. La porte grinça en signe de bienvenue.

— Elle ne te fera aucun mal, chuchota Hugo qui m'avait entendue claquer des dents, mais je ne me sentis par réconfortée pour autant.

Nous étions encore en train d'empaqueter et d'empiler des boîtes quand Mlle Petitpas fit son apparition. D'abord, l'air s'est épaissi, comme si un bouchon de brume avait fait irruption dans la cave, puis les parties de son corps sont apparues une à une.

Enfin, elle sourit.

— Une liste de suspects, dit-elle avec un petit air de triomphe, voilà ce qu'il nous faut!

Elle se frottait les mains, se réjouissant à l'avance. Pourtant, le geste demeura silencieux.

Mais il ne s'agissait pas de vraies mains non plus!

— Et les mobiles? demanda Hugo.

— M...mobiles? dis-je en bégayant.

— Mais oui! Les raisons qu'auraient pu avoir les suspects de vouloir la mort de Mlle Petitpas.

— Ah! Nous y viendrons, dit l'apparition avec un geste immatériel de sa main transparente. Vous pouvez toujours indiquer les mobiles sur la liste si vous le désirez, mais ce qui compte, c'est que je suis morte et que quelqu'un m'a tuée. Allons, tout finira bien par s'arranger.

Le fantôme parlait de sa propre mort comme s'il s'agissait d'un rhume ou d'une éruption de boutons. J'en avais des frissons.

— Vous savez, j'ai été assassinée ici, à la cave, ajouta-t-elle.

Mon sang se glaça dans mes veines.

— Je vais dresser une liste, proposa Hugo qui avait déniché un papier et un crayon.

Décidément, ce gamin était toujours prêt. Mais comment pouvait-il avoir l'air si calme?

Mlle Petitpas leva un bras à moitié visible et s'écria:

— Meurtrier, prends garde! avant d'ajouter en souriant: On ne m'aimait pas beaucoup, vous savez.

Ce qui ne semblait pas l'affecter le moins du monde.

— Voyons! qui devrait faire partie de la liste? demanda le fantôme.

Le silence se fit pendant que nous réfléchissions tous. Tous, excepté moi, bien entendu! Je résistais à l'envie de disparaître à toutes jambes, pour de bon. «Je ne suis pas faite pour cette association, je suis trop jeune pour penser à la mort. Et je le serai encore trop à quatre-vingts ans.»

Hugo m'interrompit dans mes pensées.

— Si j'avais commis le meurtre..., dit-il, l'air songeur.

— C'est impossible, tu es beaucoup trop jeune, répliqua l'apparition.

On n'avait qu'à regarder Hugo pour deviner que son cerveau de collectionneur de timbres était à l'œuvre.

— D'accord, dit-il, d'un ton sentencieux, mais si je l'avais commis, la réouverture de la bibliothèque m'inquiéterait.

— Ah, ah! s'écria le fantôme avec enthousiasme.

— Ah, ah! quoi? dis-je d'un ton aigu.

— Euh!... je ne sais trop. Continue, Hugo.

— Eh bien, voilà! poursuivit-il, de plus en plus excité. La bibliothèque a été fermée tout de suite après le meurtre, mais elle rouvrira bientôt. Moi, le meurtrier, je suis nerveux; je me demande si je n'ai pas laissé quelque indice qui permette de m'identifier, une pièce à conviction quelconque.

— Pièce à conviction? ai-je répété à mi-voix.

— Quelque chose que je n'aurais pas remarqué au moment du meurtre, qui donnerait l'éveil et qui ferait peser les soupçons sur moi.

— Les soupçons! Excellent! s'écria Mlle Petitpas, triomphante.

— Alors, je serais probablement présent le jour de l'ouverture pour surveiller ce qui se passe.

— Mais tu seras ici de toute façon puisque tu travailleras ce jour-là, dis-je.

Hugo cligna des yeux:

— Pas moi, le meurtrier.

— Brillant! s'exclama l'apparition, victorieuse. Tôt ou tard, la vérité se fait jour. Le meurtrier retourne toujours sur les lieux du crime. C'est logique! Il n'a pas la conscience tranquille... sa crainte d'être démasqué l'empêche de dormir. Nul doute que cet individu sera présent le jour de l'ouverture. Prenez des notes! Soyez vigilants! Cette tactique permettra d'élucider ce crime crapuleux. Quand la bibliothèque ouvre-t-elle ses portes?

— Samedi prochain, c'est-à-dire après-demain, répondit Hugo.

— Excellent!

Puis, le visage éclairé d'un sourire éblouissant, le fantôme disparut dans un tourbillon.

«Merveilleux! pensais-je. Non seulement cette sinistre bibliothèque abrite-t-elle un fantôme, mais, à partir de samedi, un meurtrier s'y promènera aussi. De mieux en mieux!»

J'avais soudainement la furieuse envie de tuer Hugo. C'est lui qui m'avait entraînée dans cette ridicule association. Et ça ne me tentait plus.

J'avais peur.

Moi qui, à l'âge de neuf ans, avais campé seule dans les bois et avais construit une cabane dans un arbre sans aucune aide; moi qui attrapais plus de poissons que n'importe quelle grande personne; Nickie, la fille capable de grimper à un poteau droit et qui pouvait retirer sur trois prises n'importe quel frappeur des environs; celle qui avait réussi à ne pas porter de robes depuis l'âge de quatre ans! Et dire que ce sale moucheron de la ville était en train de s'amuser!

— Nous aurons notre liste de suspects dès samedi, affirma-t-il, calmement.

J'ai difficilement résisté à l'envie que j'avais de l'écrabouiller.

Or, le premier suspect se présenta avant le samedi.

4

Ce vendredi matin-là, nous rangions les livres sur les rayons que Larocque avait réorganisés au rez-de-chaussée. Montée sur un escabeau branlant, je glissais les livres sur les tablettes du haut — en souhaitant de tout cœur que le fantôme n'apparaisse pas — pendant que Hugo s'occupait de celles du bas. Pourtant, toutes les dix minutes je devais dégager le gamin de la pile de livres qu'il réussissait à chambarder. «Si au moins il allait exercer son pouvoir d'auto-destruction ailleurs!»

Tout à coup, la porte d'entrée grinça. Je faillis tomber de l'escabeau.

Une vieille dame, affublée de frisettes blanches et d'une robe noire informe, apparut. Jurant tout bas, Larocque s'empressa de la rejoindre afin de l'arrêter au passage.

— Mon nom est Roy, Mlle Henriette Roy, annonça la vieille dame d'une voix aiguë. Vous vous souvenez de moi, naturellement!

En dépit de sa corpulence, elle se faufila devant le bibliothécaire et parcourut les rayons des yeux.

— Naturellement! Les dames de la Société philanthropique sont toujours les bienvenues, dit Larocque d'une voix mielleuse, mais la bibliothèque n'est pas encore ouverte. Si vous voulez bien revenir demain...

Les membres de cette société appartenaient aux familles de Val-Robert dont la fortune remontait à plusieurs générations. Comme elles avaient fourni les fonds nécessaires à la réouverture de la bibliothèque, Mlle Roy croyait peut-être que cela lui donnait le droit d'entrer sans façon.

— La réouverture d'une bibliothèque représente tellement de travail, fit-elle remarquer. Une vaste entreprise, en vérité.

— Oui, oui, acquiesça Larocque.

Mlle Roy jetait les yeux çà et là sur les rayons, comme si elle cherchait quelque chose. Elle avait presque atteint la porte de la cave avant que Larocque réussisse à lui faire rebrousser chemin.

— Je suppose que vous serez beaucoup trop occupés pour, euh... mettre de l'ordre aux autres étages? demanda-t-elle.

— Nous espérons avoir terminé tout le rangement d'ici à la fin du mois, répondit le bibliothécaire d'un ton martial.

— À mon avis, les boîtes qui sont entreposées ici devraient être jetées sans aucune vérification. Un tel amas d'ordures!

Comme si elle nous apprenait quelque chose!

— Mais pas du tout! Qui sait quel trésor historique pourrait nous échapper ainsi? Non, non, j'ai l'intention de tout examiner.

— Oh!

— En détail! Il se peut même que j'écrive l'histoire de cette ville.

— Comme c'est... euh... euh... encourageant! bégaya-t-elle.

Je pouvais à peine la voir de mon piédestal, mais elle n'avait pas du tout l'air encouragée. Au contraire, elle semblait presque affolée. Larocque la prit alors par le bras pour l'accompagner jusqu'à la sortie. Elle s'éloigna à pas lents.

— Est-ce que vous vous intéressez à l'histoire, mademoiselle? demanda-t-il de sa voix mielleuse qui portait aisément jusqu'à moi.

— Non, euh... pas vraiment.

— Eh bien! Nous serons enchantés de vous recevoir quand la bibliothèque sera ouverte.

— Oui, oui. Au fait, quand ouvrez-vous? Je crois bien avoir oublié.

— Demain, samedi. Bien entendu, nous n'aurons pas fini de tout nettoyer, mais le rez-de-chaussée est prêt, dit Larocque en lui ouvrant la porte.

— Je vois. C'est euh... très encourageant de voir le travail que vous faites.

La porte s'est refermée sur la voix pointue de Mlle Roy et Larocque alla se réfugier dans son bureau.

— Notre premier suspect, chuchota Hugo.

— Mlle Roy? demandai-je surprise.

— Elle ne pouvait même pas attendre jusqu'au jour de l'ouverture. Elle doit avoir mauvaise conscience.

Hugo sortit son papier et son crayon afin d'écrire le nom de Mlle Roy sur la liste.

À la réflexion, la vieille dame avait eu un comportement étrange, aucun doute possible. Elle s'était présentée à la bibliothèque avant l'ouverture et avait posé un tas de questions louches. Pour quelle raison le nettoyage la préoccupait-il autant? Pourquoi voulait-elle que les boîtes soient jetées? Que représentaient ces vieilleries pour elle? Se pouvait-il que Mlle Roy fût la meurtrière?

Quelque chose se produisit alors, nous rendant encore plus méfiants. Un léger bruit attira notre attention: d'instinct, nous nous sommes dissimulés derrière une étagère. Aussi silencieuse qu'un rat d'hôtel, Mlle Roy réapparut. Sur la pointe des pieds, elle s'était rendue jusqu'à la porte de la cave et avait réussi à l'ouvrir quand Larocque l'aperçut de son bureau. Il se précipita vers elle, tandis que Mlle Roy se penchait pour ramasser un mouchoir de dentelle sur le plancher.

— Je suis tellement désolée de vous déranger à nouveau, dit-elle, avec un petit rire niais en agitant son mouchoir dans les airs. J'ai dû le laisser tomber ici tout à l'heure.

— Rien de grave, j'espère, dit Larocque d'un ton grognon.

— Non, non.

Une fois de plus, le bibliothécaire la raccompagna jusqu'à la sortie.

— Vieille commère stupide, dit-il en retournant à son bureau.

— Crois-tu vraiment qu'elle avait perdu son mouchoir la première fois qu'elle est venue?

— Je ne sais pas, répondit Hugo, mais elle aurait pu le laisser tomber afin d'avoir une raison pour revenir ici. Mais pourquoi?

Nous pensions tous deux à la manière furtive avec laquelle la vieille dame s'était introduite dans la bibliothèque, puis faufilée jusqu'à la porte de la cave.

— Tu as raison, Hugo, Mlle Roy mijote quelque chose.

5

Le samedi matin, nous avons fait le tour des étagères, afin de nous assurer que tout était en ordre. Larocque, partout en même temps, nous surveillait sans relâche. Dix heures allaient sonner, heure d'ouverture de la bibliothèque. Dehors, un meurtrier s'apprêtait à pénétrer dans ces lieux, un tueur. S'agissait-il de Mlle Roy ou de quelqu'un d'autre?

«Il doit bien exister un moyen de quitter ce stupide emploi sans que j'aie à remettre ma démission.» Mais je n'eus pas beaucoup de temps pour y réfléchir, car Larocque nous adressa un dernier sermon:

— Vous pouvez être fiers de cette bibliothèque, car elle contient l'histoire de notre ville. Ne quittez pas le comptoir. Toutes les questions doivent m'être adressées. Et essayez de ne pas être stupides aujourd'hui. Si les dames de la Société philanthropique viennent, soyez polis. Rappelez-vous que ce sont elles qui financent la bibliothèque à présent.

Il déverrouilla la porte d'entrée. Un grondement se fit entendre, puis une vieille Ford apparut. Larocque nous chassa des fenêtres tandis qu'un groupe de dames s'extirpaient de la voiture. La porte s'ouvrit quelques instants plus tard et la Société philanthropique des dames au grand complet fit irruption.

— Comme c'est gentil à vous d'être venues! lança Larocque. Entrez! Entrez!

On fit entrer les dames.

Larocque, qui n'arrêtait pas de faire ses salamalecs, allait me rendre malade. Et si cela ne suffisait pas à me donner la nausée, les dames elles-mêmes y parviendraient. Elles étaient cinq en tout, y compris Mlle Roy. L'une d'elles était plus grande que Larocque, mais les autres étaient petites et boulottes. Vêtues de robes noires ou bleu marine, elles affichaient toutes un air prétentieux.

— Le fonds a permis tout ceci, déclara l'une d'elles, hautaine.

— Parfaitement! Parfaitement! acquiesça Larocque, flatteur. Permettez-moi de vous faire visiter.

Nous avions été postés au comptoir avec les timbres dateurs, les crayons et une liste de directives à suivre. Hugo était en train de perdre la tête à vouloir surveiller tout le monde à la fois. Il n'en finissait plus de laisser tomber des crayons pour pouvoir se baisser derrière le comptoir et prendre des notes. Larocque nous lança alors un regard furieux.

— Nous espérons que vous occuperez ce poste de bibliothécaire dans la plus noble tradition, dit la grande d'une voix nasillarde.

— La dignité et le décorum auront toujours leur place, ajouta l'une des grosses femmes.

— Mais, bien sûr, madame, répondit Larocque en s'inclinant légèrement avant de les conduire vers les étagères.

— La dernière bibliothécaire nous a causé tellement d'ennuis. Les enfants jouaient aux Serpents et échelles sur les tables, des bébés rampaient dans nos jambes!

Larocque prit un air indigné.

— Des jouets et de vulgaires romans policiers achetés avec l'argent pris à même le budget!

— Des pique-niques organisés dans la cour, gâteaux au chocolat inclus, pendant que l'on racontait des histoires aux enfants. Du chocolat collé partout!

Larocque avait l'air scandalisé.

— Le service accordé à presque n'importe qui! ajouta la grande, l'air sévère.

— Épouvantable! s'écria Larocque.

Les dames de la Société philanthropique acquiescèrent d'un signe de tête, le regard sombre.

— À tel point que les dames respectables de Val-Robert n'osaient plus venir à la bibliothèque. Milieu peu recommandable, vous comprenez!

— Elle avait fait trop de changement, poursuivit la grande. Heureusement, elle est morte quelques mois après son arrivée, ajouta-t-elle, souriante.

— Comme vous pouvez le constater, madame Lebeuf, je n'ai rien changé, lui assura Larocque.

Ainsi, la grande s'appelait Mme Lebeuf. Elle semblait être le porte-parole du groupe. Pourtant, Mlle Roy ne paraissait pas du tout s'amuser; ses yeux bleu pâle clignaient sans arrêt sous ses frisettes blanches, tandis qu'elle tortillait ses gants. Lorsqu'une de ses amies la regardait, elle hochait la tête en riant, puis elle reprenait aussitôt un air soucieux.

Dès que Larocque avait le dos tourné, Hugo griffonnait à toute allure sur le revers d'un signet.

La visite des rayonnages consacrés aux biographies semblait terminée. Larocque conduisit les dames vers la section des sciences naturelles.

«Une de ces femmes est peut-être notre meurtrière», me disais-je. Je regardais leur bouche pincée en essayant d'imaginer leurs mains parfumées tenant un objet contondant. Il était difficile de me les représenter ainsi.

Un crissement de pneus nous parvint de la rue, suivi d'un bruit de pas rapides. La porte s'ouvrit et un beau jeune homme aux cheveux foncés entra.

— Salut les enfants, dit-il gaiement. Dites donc, vous avez fait de l'excellent travail ici.

Je n'ai pas tout de suite reconnu ce visiteur vêtu d'un complet gris clair, flambant neuf. Larocque revint précipitamment dans la salle, les dames de la Société philanthropique sur ses talons. Le bel homme tendit la main au bibliothécaire en souriant. Ça me revenait tout à coup: Tom Robert. Il avait changé depuis la dernière fois que je l'avais vu, cinq ans plus tôt. Il était parti peu de temps après les funérailles de son père. On disait de lui qu'il jetait son argent par les fenêtres depuis qu'il avait quitté Val-Robert qui, au dire de ses habitants, n'était plus assez bien pour lui. «Pourquoi donc était-il revenu?»

— Enchanté de vous connaître, dit Larocque.

Celui-ci serra la main de Tom avec vigueur. Les dames, le visage soudain rayonnant, replacèrent leurs frisettes.

— Quel plaisir de vous revoir ici, roucoula Mme Lebeuf. Ce n'est jamais tout à fait Val-Robert sans un Robert pour l'habiter. Resterez-vous longtemps?

— Quelques semaines, madame.

Le sourire de Tom, contrairement à celui des autres, était franc et sympathique. Il ne regarda pas seulement Larocque et compagnie, mais il nous adressa un sourire à Hugo et à moi. J'avais l'impression qu'il était content que nous soyons là.

— À vrai dire, j'avais le mal du pays.

La présidente de la Société secoua la tête en signe d'assentiment.

Le vieux Gratton arriva sur ces entrefaites, vêtu d'une salopette sale et rapiécée, souriant de sa bouche édentée dans sa barbe de trois jours.

— Mince alors! elle est enfin ouverte, s'écria-t-il, la voix rauque, puis il remit sa superbe pipe au long tuyau dans sa bouche.

Le visage de ces dames s'assombrit aussitôt tandis que Larocque se précipitait vers Gratton.

Pour autant que je sache, le vieux Gratton n'avait jamais eu de domicile fixe. Pourtant, il s'était toujours tiré d'affaire grâce aux aumônes et aux travaux qu'on lui donnait de temps en temps.

— Il est interdit de fumer ici. Veuillez sortir, je vous prie, dit le bibliothécaire d'un ton sec.

— Y a pas d'tabac dans c'te pipe-là, enfin pas pour le moment. J'ai pas encore réussi à m'en quêter aujourd'hui.

Gratton ricana gentiment, puis se choisit une chaise. Je croyais que Mme Lebeuf allait exploser. Le visage de Larocque s'empourpra.

— Cette bibliothèque est pour les gens qui prennent la littérature au sérieux, précisa l'araignée en s'efforçant de maîtriser la colère qui perçait dans sa voix.

— Y a rien que j'préfère qu'un bon livre, rétorqua le vieux d'une voix traînante.

Il en prit un au hasard sur les rayons près de lui, l'ouvrit au milieu et, la tête penchée, le parcourut du seul bon œil qu'il avait.

Larocque commençait à rager.

— Monsieur, euh... euh...

— Gratton, l'informa le vieil homme, jovial.

— Monsieur Gratton, je me vois dans l'obligation de vous demander de quitter ces lieux, réussit à prononcer Larocque, les dents serrées.

— Vous pouvez t'jours d'mander, mais j'ne bougerai pas d'ici avant la fermeture. C't écrit sur la porte que c't endroit est une bibliothè-que publique et j'suis un personnage public.

Gratton cligna de l'œil, puis s'installa con-fortablement dans son fauteuil en soupirant. Les dames, indignées, se mirent à marmonner.

— J'aime ça lire, moi, vous comprenez!

Le clin d'œil complice et le petit rire qu'il nous adressa signifiaient plutôt qu'il aimait un endroit sec où passer ses journées et faire ses petits sommes.

— Je crains qu'il n'ait raison, dit Tom Robert, qui avait du mal à garder son sérieux. La bibliothèque est un édifice public: mon père en a fait don à la ville, afin qu'on en fasse une bibliothèque municipale. M. Gratton est dans son droit.

Le visage du bibliothécaire prit une drôle de couleur, mais il se tut. Les dames de la Société philanthropique se retirèrent sur des «Incroyable!», «Ça par exemple!», «Aussi terrible que la dernière fois!» Puis la Ford s'éloigna en pétaradant, en colère, semblait-il, comme ses passagères.

Tom, radieux, donna une poignée de main à Larocque:

— L'endroit n'a jamais été aussi accueillant depuis la mort de mon père. Vous faites du bon travail.

Il nous jeta un coup d'œil en partant et nous sourit:

— À la prochaine, les enfants.

Un vrombissement nous parvint de la rue, puis s'affaiblit. J'en ai conclu que Tom avait une auto.

Dans un silence qui en disait long, Larocque retourna dans son bureau.

Gratton m'a lancé un clin d'œil.

— Vous ne vous tirez pas trop mal d'affaire, monsieur Gratton?

— Un homme pauvre est un homme libre, Nickie. Je vis très bien. J'ai la conscience tranquille, contrairement à d'autres. J'en veux à personne et j'suis pas à l'étroit dans mes sous-vêtements, moi! a-t-il ajouté en regardant vers le bureau de Larocque.

Je n'ai pu m'empêcher de rire tout haut. Gratton voyait mieux avec son bon œil que quiconque en ville avec les deux. Il m'adressa un clin d'œil amusé avant de fermer les yeux, prêt pour la sieste.

J'ai alors réalisé que même le vieux Gratton pouvait être le meurtrier. «Était-il vraiment venu ici pour faire un somme?»

Puis le calme régna pendant quelque temps. Mme Ledoux, la femme du facteur, est venue emprunter un livre, mais elle n'est restée que quelques minutes sans même nous adresser la parole: elle était gentille, mais tellement timide.

Puis Jean Gagnon s'est arrêté pendant l'heure du déjeuner.

Jean avait été un travailleur hors pair à l'Horlogerie. À présent, il travaillait avec son père à la pharmacie Gagnon. Même si Jean était plus âgé que moi, il avait toujours été mon ami. Il nous a invités, Hugo et moi, à jouer au base-ball un de ces jours, puis il a emprunté toute une pile de livres sur les horloges. Ce n'est pas ce qui manquait à la bibliothèque, car Georges Robert avait fait don de tous ses livres sur le sujet et l'intérêt que vouait le propriétaire de l'Horlogerie à tous les instruments de mesure du temps n'avait jamais failli. J'ai alors compris que l'Horlogerie manquait à Jean tout autant qu'à mon père.

— Il y a beaucoup à apprendre dans une bibliothèque, dit-il pendant que j'enregistrais ses prêts.

Il ne se doutait pas à quel point il disait vrai.

L'après-midi, les affaires ont marché rondement. L'épicier, le chef des pompiers et le propriétaire de la station-service sont venus emprunter des romans. Avant la fermeture, à cinq heures, presque la moitié de la ville s'était présentée, car la réouverture de la bibliothèque représentait un événement important pour les habitants de Val-Robert. Des élèves de première du secondaire, qui avaient fait tomber tous nos signets sur le sol, sont sortis en courant, car Larocque leur a passé un savon. Puis deux filles de mon âge arrivèrent peu après.

Je n'avais jamais été très populaire auprès des jeunes de Val-Robert. Je détestais faire les choses que les autres filles aimaient et aucune n'aimait le base-ball ou la pêche. Quant aux garçons, ils portaient des T-shirts sur lesquels était écrit: «Interdit aux filles». Donc, moi incluse. Et maintenant que je me tenais avec le nouveau, ils m'aimaient encore moins qu'avant. La plupart du temps, ils faisaient comme si je n'existais pas.

— Je ne travaillerais pas dans cet endroit miteux pour rien au monde, dit l'une des filles.

— Tu ne pourrais pas décrocher l'emploi, de toute façon, rétorquai-je, le sourire aux lèvres.

Elles partirent sans emprunter un livre.

Des vers qui venaient je ne sais d'où m'avaient trotté dans la tête toute la journée, jusqu'à me donner envie de hurler:

Qu'il y ait un ou plusieurs meurtriers,
Tous les suspects se sont présentés.

6

— **M**eurtrier, prends garde! s'écria Mlle Petitpas en nous apparaissant le lundi suivant.

La boîte que je transportais m'est tombée des mains tellement j'ai eu peur.

Ce matin-là, Larocque nous avait encore relégués à la cave pour ranger des caisses. J'avais l'impression que ce travail ne finirait jamais.

— Et alors! Qu'avez vous découvert? s'enquit le fantôme. Qui était présent le jour de l'ouverture? Qui devrions-nous inscrire sur notre liste de suspects?

— La moitié des habitants de la ville, dis-je.

— Mais il ne peut y avoir autant de suspects!

Le fantôme avait l'air préoccupé.

— La plupart des gens sont venus l'après-midi, fit remarquer Hugo; seules quelques personnes se sont présentées le matin. Mais ne croyez-vous pas que le meurtrier serait venu le plus tôt possible?

— Excellent! s'écria l'apparition. Il devait être impatient de voir dans quel état se trouve la bibliothèque; il sera donc venu tôt. Nous nous occuperons seulement des visiteurs du matin. Qui s'est présenté avant midi?

— Mlle Roy, répondit Hugo. Mais elle est aussi venue avant l'ouverture.

— Ah! dit-elle, les yeux plissés. La vieille fille boulotte aux cheveux indéfrisables! Qu'est-ce qu'elle manigance?

— Vous voulez dire que vous ne le savez pas?

— Même un fantôme ne peut être partout à la fois! dit-elle, l'air offensé.

La moitié inférieure de son corps disparut; la partie supérieure semblait déconcertée.

— Vous savez combien cela m'est difficile de me matérialiser?

Nous l'avions remarqué.

— Eh bien, poursuivit-elle, j'éprouve parfois les mêmes difficultés à observer les êtres ou les choses. Cela dépend des jours. Nul n'est parfait. Allez, parlez-moi de la vieille fille.

Hugo relata la visite de Mlle Roy le jour précédant l'ouverture de la bibliothèque.

— Elle n'en finissait plus de poser des questions au sujet du nettoyage, ai-je ajouté, tout en ne sachant pas vraiment si cela avait de l'importance. Elle nous a même suggéré de jeter le matériel entreposé ici.

— Jeter? Mais c'est insensé! s'écria Mlle Petitpas, indignée.

Sous l'effet d'une aussi vive émotion, les doigts du fantôme disparurent petit à petit, puis les bras.

— De plus, Mlle Roy a essayé de se faufiler à la cave, dis-je.

Je décrivis alors comment elle avait réussi à s'introduire dans la bibliothèque et à ouvrir la porte de la cave avant que Larocque ne la surprenne.

Hugo me regardait, tout étonné. Voilà que je parlais au fantôme sans trembler. Il n'en croyait probablement pas ses oreilles.

— Hum! J'ai été assassinée ici. Vous l'ai-je déjà mentionné? Là-bas, où sont les boîtes, désigna le fantôme avec une moitié de bras.

Si seulement elle cessait de nous le rappeler!

— C'est louche! Très louche l'intérêt qu'elle porte à la cave. Comme je l'ai déjà dit, le meurtrier retourne toujours sur les lieux du crime.

Les yeux de Mlle Petitpas étincelaient.

— Maintenant que vous m'y faites penser, juste avant que je sois assassinée, Mlle Roy s'est montrée curieuse au sujet des archives conservées ici. J'en ai conclu qu'elle s'intéressait à l'histoire.

— Ce n'est pas le cas, dit Hugo. Enfin, d'après ce qu'elle a affirmé à Larocque.

— Ah, ah! Il se peut qu'elle fouine ainsi pour une tout autre raison.

— Elle n'a pas l'air d'une meurtrière, dis-je, sceptique.

— Les apparences sont parfois trompeuses, répliqua le fantôme. Je ne sais pas quel aurait pu être son mobile, mais, quoi qu'il en soit, notre liste de suspects ne peut pas être parfaite du premier coup. Allez! inscrivez son nom sur la liste.

Hugo sortit son papier et son crayon, puis écrivit le nom de Mlle Roy.

— Qui d'autre? nous pressa le fantôme.

— Le reste des dames de la Société philanthropique? suggéra Hugo.

Mlle Petitpas se mit à faire les cent pas.

— Ah oui! Des buses femelles à figure humaine. Une grande et les autres boulottes. Capables de tout, sauf de tolérance. Je ne ferais confiance à aucune d'elles, surtout pas à cette Mme Lebeuf.

En revoyant en esprit le regard froid de cette femme, je me dis que, tout compte fait, je préférais la compagnie d'un fantôme.

— Elles me méprisaient parce que j'avais modernisé la bibliothèque. Un massif d'ifs derrière l'édifice empêchait la lumière du jour de pénétrer. Quand je l'ai fait arracher, Mme Lebeuf a presque été frappée d'apoplexie.

Ce souvenir semblait réjouir Mlle Petitpas.

La liste de suspects fut momentanément délaissée pendant que l'apparition, amusée, racontait comme elle avait berné les dames de la Société philanthropique. Elle avait fait couper les arbres pendant que celles-ci étaient allées, en groupe, à une réunion sur l'urbanisation dans le comté voisin. Or, il n'y avait pas de réunion. Mlle Petitpas avait laissé échapper qu'une rencontre secrète avait été organisée et qu'aucune d'elles n'était invitée. Naturellement, les dames s'y étaient rendues. Elles n'ont réalisé que trop tard ce que la bibliothécaire avait manigancé. Une table à pique-nique remplaçait déjà le fouillis noir des ifs et le vieux Gratton en a été le premier occupant. Les membres de la Société philanthropique ont cessé de fréquenter la bibliothèque à partir de ce jour-là.

— Certaines personnes ne peuvent tolérer la présence de plus pauvres qu'elles, poursuivit Mlle Petitpas, tristement. Mais ces dames pouvaient-elles être fâchées au point que l'une d'elles m'assomme?

— Elles semblaient contentes de votre départ en tout cas, ai-je remarqué.

Mlle Petitpas acquiesça. Leurs noms furent donc ajoutés à la liste. Tout ceci commençait à m'intéresser malgré moi.

— Qui d'autre est venu depuis l'ouverture? demanda-t-elle.

— Le vieux Gratton, que vous avez déjà mentionné, est venu.

Les traits de Mlle Petitpas s'adoucirent.

— Inutile de l'inscrire sur la liste, dit-elle sans donner d'explications.

— Mme Ledoux, se rappela Hugo.

— Une gentille dame, mais timide. Son tapioca au lait est irrésistible. Une de mes meilleures amies du temps où j'ai vécu ici. Ne l'inscrivez pas sur la liste elle non plus. Suivant?

Il n'y avait personne d'autre, excepté l'araignée.

— Et Larocque? C'est lui qui vous a remplacée.

Selon moi, cela pouvait être un mobile de meurtre.

— Cinq ans plus tard!

— Il est assez méchant pour cela.

— Tout à fait d'accord! rétorqua le fantôme, mais je ne l'ai pas connu de mon vivant. J'imagine qu'il aurait pu m'attaquer sans que nous ayons jamais fait connaissance, mais il ne vivait pas à Val-Robert il y a cinq ans, n'est-ce pas?

— Il nous a dit qu'il venait de la grande ville quand il nous a embauchés, répondit Hugo.

On écrivit donc le nom de Larocque sur la liste, suivi d'un point d'interrogation.

— Quelqu'un d'autre? demanda le fantôme.

— Jean Gagnon, dis-je, même si je ne croyais pas un seul instant qu'il puisse être coupable.

— Cheveux blonds frisés, nez en bec d'aigle, joli sourire, adore les horloges?

J'ai fait signe que oui.

— Un garçon qui aime lire. Il appréciait ma nouvelle approche. Je ne pense pas qu'il soit coupable, mais inscrivez-le tout de même.

Je croyais que nous les avions tous nommés, mais Hugo se rappela quelqu'un d'autre.

— M. Robert, ajouta-t-il.

— Bien nanti selon toute apparence, mais gentil avec les gens. Il a toujours été aimable avec moi quand je faisais partie de ce monde. Pas très suspect, cependant...

On écrivit donc le nom de Tom Robert entre parenthèses. Nous ne le soupçonnions pas vraiment, mais la liste était courte.

— Ce sont les seuls visiteurs du matin. Après le dîner, M. Léger, l'épicier, est venu, puis M. Lauzon, le chef des pompiers, et M. Lacroix, le propriétaire de la station-service. Quelques dames aussi: Mme Chabot, qui s'occupe de la pâtisserie, et Mme Pasteur, la femme du sacristain.

Le fantôme hocha la tête.

— Aucun d'eux ne me connaissait suffisamment pour me vouloir du mal. De plus, s'ils avaient été coupables, ils n'auraient pas attendu l'après-midi pour venir. La liste est complète.

Nous avons révisé la liste et, comme Mlle Petitpas n'avait plus ses lunettes, Hugo a lu à haute voix:

Suspects	Mobiles
Mlle Roy	a tenté de s'introduire dans la cave
Les dames de la Société philanthropique (surtout Mme Lebeuf)	en colère à cause des changements
Larocque	convoitait le poste de bibliothécaire?
Jean Gagnon	?
(Tom Robert)	?

Quelque chose me tracassait. J'avais le sentiment que le meurtrier ne se trouvait même pas sur la liste. Tous nos suspects étaient connus à Val-Robert. En fait, ils habitaient ici depuis toujours, sauf Larocque. Je ne pouvais imaginer aucun d'eux en train de tuer quelqu'un. C'était insensé.

— Ne croyez-vous pas que n'importe qui aurait pu vous tuer?

— N'importe qui à Val-Robert? demanda Hugo.

— Ouais.

— Vous oubliez que ce n'est pas tout le monde ici qui avait une raison de souhaiter ma mort. De plus, je crois que le meurtrier aura profité de la première occasion pour revenir à la bibliothèque. Hugo avait raison: les meurtriers finissent toujours par se dénoncer, car ils retournent sur les lieux du crime. Enfin, c'est ce qu'on lit dans les romans policiers.

Ainsi, notre liste de suspects se réduisait à huit personnes, car il y avait quatre membres de la Société, outre Mlle Roy.

— Bon, qu'est-ce qu'on fait maintenant?

— Il y a deux façons de découvrir lequel d'entre eux est le coupable, affirma le fantôme. La première est de reconstituer le crime: méthode possiblement dangereuse.

Elle rejeta cette solution d'un geste de la main redevenue visible.

— L'autre consiste à secouer les suspects et voir ce que ça donne.

Son sourire, qui prouvait bien que cette méthode lui plaisait, n'avait rien de rassurant: Mlle Petitpas me faisait penser à un chat qui guette une souris. J'étais contente que mon nom ne soit pas sur la liste.

— J'ai une idée, annonça-t-elle.

Mais elle ne put nous en faire part, car Larocque ouvrit la porte de la cave à ce moment-là.

— Vous avez perdu assez de temps en bas! cria-t-il. Montez et venez ranger les livres sur les étagères.

Je me suis aussitôt retournée vers l'apparition, mais elle avait déjà disparu.

— Vieille tourte acariâtre! murmura une voix.

J'ai tout à coup réalisé que j'avais parlé à un fantôme pendant environ une heure sans aucune crainte. Je commençais à m'habituer à Mlle Petitpas. Il s'agissait probablement d'une grave erreur.

7

À partir de ce jour-là, quand Jean me saluait de la main depuis la pharmacie Gagnon ou quand le vieux Gratton passait le temps avec moi, j'avais envie de crier: «Je connais un fantôme.» «Je suis spéciale.» «J'ai été choisie comme associée dans une enquête criminelle!» Cet énorme secret me démangeait les orteils, me picotait la gorge, me brûlait la langue. Parfois, je devais me mordre les lèvres pour le garder. Qu'arriverait-il si je le révélais? Quelqu'un en souffrirait-il? Mlle Petitpas ne pouvait plus souffrir, elle était morte. Mais je pouvais m'imaginer les rires et les moqueries si jamais j'ouvrais la bouche. Personne ne me croirait. On m'expédierait chez un psychiatre. Voilà pourquoi je devais garder le secret.

Et c'est ce que j'ai fait, pendant quelque temps!

Ce matin-là, Tom Robert accompagnait Jean pour jouer au base-ball avec nous. Tom avait toute une auto: une décapotable rouge de marque Chrysler, flambant neuve. C'était l'auto la plus étincelante que la ville ait jamais vue.

— Je vous ferai faire un tour un de ces jours, promit-il avec un sourire.

Nous avons décidé d'aller jouer dans un terrain vague situé à une bonne distance de l'auto. Je dis jouer, mais en fait on s'échangeait les tours pour délivrer Hugo de la balle et du bâton. Qu'il ait terminé la joute sain et sauf relève du miracle, mais il ne s'est pas plaint une seule fois, pas plus qu'il n'a proposé d'abandonner.

Une bande de jeunes qui se promenaient dans le coin se sont arrêtés pour nous regarder et l'ont interpellé:

— T'as un trou dans ton bâton?

— Cinquième prise!!!

Leurs moqueries me fâchaient beaucoup plus que la mollesse de Hugo au bâton. Il cligna des yeux en leur direction.

— Oublie-les, lui dis-je, occupe-toi plutôt de frapper cette balle!

Il l'a frappée une fois, hors jeu.

— Manqué! Manqué! ont-ils braillé.

Puis ils en ont eu assez et se sont éloignés.

Après la joute, Tom et Jean nous ont offert un lait frappé chez Gagnon.

— Ça avance, le nettoyage à la bibliothèque? demanda Tom.

— Ouais! grogna Hugo en même temps que moi.

— On en est aux boîtes entreposées à la cave, dis-je.

Tom rit.

— Quelques vieilleries de mon père s'y trouvent encore. Je me demande bien pourquoi personne ne les a jetées? Ça ne vaut rien.

J'étais tout à fait d'accord avec lui.

— Vous êtes chanceux de pouvoir travailler à deux. C'est ce qui compte. Plus jeunes, Jean et moi, nous étions toujours ensemble, pour travailler ou pour jouer.

Jean acquiesça en riant.

— Je vivais presque chez vous pendant la fin de semaine. La résidence Robert! Ton père m'appelait son fils numéro deux!

— Toute une résidence! reprit Tom. J'en ai fait le tour hier. Le toit fuit et il y a encore des chauves-souris au grenier. J'ai bien fait de prendre une chambre au motel. La résidence Robert est tellement vieille que ça ne vaut même pas la peine de la réparer, pas plus que l'Horlogerie, d'ailleurs.

Le sourire de Jean s'estompa.

— Je pense, comme d'autres, que les vieilles constructions et les entreprises établies depuis longtemps sont les meilleures et qu'elles valent la peine qu'on s'en occupe. La ville dépendait de l'Horlogerie, Tom!

— Allons, Jean, tu sais bien que l'Horlogerie n'était plus rentable depuis des années quand je l'ai fermée.

— Elle ne fonctionnait pas à perte non plus. Et elle permettait de faire vivre un tas de gens.

La conversation prenait un tour sérieux. Les deux amis semblaient nous avoir oubliés.

— Une affaire de ce genre, avec tous les soucis que cela comporte, doit rapporter de l'argent, sinon ça ne vaut pas la peine, affirma Tom toujours souriant.

— Ton père adorait cet endroit, tout comme moi d'ailleurs, dit Jean tristement. Il n'aurait jamais eu recours à la fermeture.

— Papa vouait un attachement maladif à l'Horlogerie et à la ville. Il n'aurait vécu nulle part ailleurs. Pourtant, il se passe des tas de choses hors d'ici: on mange bien, on s'amuse... Cette ville est comme l'Horlogerie: démodée et ennuyeuse à mourir. J'ai harcelé mon père pendant des années pour qu'on déménage, mais rien à faire. Un vieux toqué! déclara-t-il, les sourcils froncés.

Puis son visage s'éclaira.

— Mais tout ça c'est du passé. On ne devrait pas ennuyer ces jeunes avec nos histoires de revenants.

J'ai failli avaler ma paille.

— Tu es parti plutôt vite après la mort de ton père, reprit Jean, et la ville a beaucoup changé depuis que tu as fermé l'Horlogerie.

Tom fit la sourde oreille. Il nous donna une grande claque dans le dos et nous demanda, à Hugo et moi, si nous voulions une autre boisson.

«C'est étrange, me dis-je. Pourquoi Tom est-il revenu s'il a une telle opinion de Val-Robert? Il ne donne pas l'impression d'un gars qui avait le mal du pays.»

Mais nous étions tous d'humeur joyeuse en nous quittant, car Tom avait réussi à nous faire rire en imitant les gens de la ville: il pouvait marcher exactement comme Mlle Roy et parler comme le vieux Gratton. Le doute qui m'avait habitée à son sujet était oublié. C'était bon d'avoir des amis comme Tom et Jean.

8

D eux jours passèrent sans que les dames de la Société philanthropique ne réapparaissent à la bibliothèque: elles craignaient probablement de se trouver dans la même pièce que le vieux Gratton. Or, Mlle Petitpas les attendait, car elle avait décidé de les secouer dès la première occasion. Je ne lui ai pas demandé pas ce qu'elle comptait faire à ce sujet, car je ne voulais pas le savoir.

Mais le vendredi, elle en a eu assez d'attendre et de pratiquer sa matérialisation. Or, les membres de la Société philanthropique se réunissaient chaque premier vendredi du mois chez Mme Lebeuf et la prochaine réunion devait avoir lieu le soir même. Elle décida donc d'y participer.

— J'ai l'intention de passer les suspects au crible! déclara-t-elle.

Qui sait ce que cela voulait dire!

— Vraiment? Je croyais que les fantômes hantaient seulement le lieu où ils avaient été tués. Pouvez-vous quitter la bibliothèque? demanda Hugo.

C'était tranquille cet après-midi-là et Larocque nous avait relégués à la cave pour finir de ranger.

— Hugo, il est impossible de savoir ce qu'un corps peut faire jusqu'à ce qu'il essaye.

Je me suis abstenue de lui faire remarquer qu'elle n'avait pas de corps.

— Je ne sais pas encore si je peux, mais nous le saurons tous ce soir.

Mlle Petitpas regarda le contenu du sous-sol de ses yeux bruns perçants.

— Cela pourrait sans doute aider si j'apportais une de mes choses.

Il s'avéra que quelques-unes des boîtes entreposées à la cave contenaient ce que le fantôme appelait ses effets personnels.

— On n'a pas su quoi faire de mes vêtements après ma mort. Voyez-vous, j'ai occupé le poste de bibliothécaire pendant quelques mois seulement avant qu'on me tue. J'avais fini par connaître des gens, mais pas intimement. Aussi, faute de trouver des parents à qui envoyer mes effets personnels, on les a conservés ici.

Après avoir fouillé dans quelques boîtes, elle sortit une longue écharpe de couleur pourpre et l'enroula plusieurs fois autour de son cou à demi visible. Malgré tout, l'écharpe pendait jusqu'à la taille, en avant et en arrière, et détonnait terriblement sur la blouse rouge.

Pourtant, cela seyait particulièrement à Mlle Petitpas.

— Ah, ah! s'écria-t-elle en passant à travers les boîtes.

Elle s'arrêta près d'une étrange machine à deux roues qu'on avait remarquée plus tôt. Quand Hugo et moi l'avons rejointe, après avoir contourné les boîtes, elle annonça:

— On ira à moto!

— Sur ça? dis-je d'une voix éraillée.

Je n'avais jamais rien vu d'aussi vieux.

— Sachez que ce modèle de motocyclette, presque nouveau en 1955, est de fabrication inégalée, rétorqua le fantôme, offensé. Une machine en parfaite condition! On l'aura entreposée ici, comme tout ce qui m'appartenait, d'ailleurs.

Une fois la moto époussetée, on pouvait voir qu'elle avait été bien entretenue. Le cuir de la selle luisait encore et le chrome des rayons semblait à peine terni, même après cinq ans d'oubli. Le réservoir d'essence était plein. Le fantôme promena délicatement ses doigts sur les commandes.

— Elle ne passera pas inaperçue, fit remarquer Hugo.

C'était bien le moins qu'on puisse dire.

— Alors, soit! Un peu d'émotion ne fera pas de mal aux habitants de Val-Robert.

Les yeux de Mlle Petitpas brillaient d'excitation tandis que ses pieds disparaissaient petit à petit.

— On ne pourra jamais sortir cette machine devant Larocque, dis-je. Il croira que nous l'avons volée.

Le visage du fantôme prit une expression rusée.

— Montez et dites à Larocque qu'il y a des vapeurs d'essence qui s'échappent de l'engin. Vous verrez, il ne tardera pas à vous demander de l'en débarrasser.

Hugo me regarda, le front plissé.

— Dites-lui que vous irez la porter au dépotoir municipal, puis vous la cacherez dans les buissons. Personne ne la verra là-bas, conclut Mlle Petitpas, très sûre d'elle.

— Ça marchera peut-être, admit Hugo.

— Peut-être! grogna-t-elle. Mais bien sûr que ça marchera. J'en ai connu des Larocque de mon vivant. Ils ont peur de prendre des risques. Vous verrez, il sera content que vous sortiez la moto à sa place.

Nous avons monté l'escalier, Hugo et moi, résignés à entendre les cris de Larocque. À peine avons-nous fait mention des vapeurs d'essence qu'il voulut se débarrasser du bidule.

— Cette machine n'aurait jamais dû être entreposée dans la cave avec des documents de valeur, jeta-t-il, alarmé. Sortez-moi ça de là!

Mais quand on a suggéré d'aller la porter au dépotoir, son scepticisme habituel a refait surface.

— Qu'est-ce que vous manigancez encore, petits garnements? Cette motocyclette est la propriété de la bibliothèque. Qui sait combien elle pourrait rapporter à un encan?

En bas, la moto pétarada, apparemment toute seule. Larocque sursauta.

— Ce machin est dangereux. Allez, emportez-le, emportez-le. Du moment qu'on m'en débarrasse!

Nous nous sommes précipités à la cave où Mlle Petitpas attendait, l'air triomphant:

— Je vous l'avais bien dit!

Nous avons réussi, à trois, à monter la motocyclette au rez-de-chaussée, puis à la sortir par la porte arrière. Pour ne pas éveiller les soupçons de Larocque, nous avons pris la direction du dépotoir jusqu'à ce que nous soyons hors de vue, cachés par quelques buissons, puis nous sommes revenus sur nos pas. Rien de plus simple que de dissimuler la moto dans l'épaisse broussaille qui couvrait le terrain derrière la bibliothèque. Celui-ci n'avait pas été entretenu depuis cinq ans: on aurait pu y cacher un éléphant. La moto y disparut comme si elle n'avait jamais existé. Nous sommes restés dans les buissons suffisamment longtemps pour faire croire que nous étions allés au dépotoir.

Au retour, Mlle Petitpas nous aida à ranger dans le sous-sol: elle travaillait aussi vite que nous deux à la fois, sans même lever le petit doigt. Les boîtes planaient dans les airs et atterrissaient dans un bruit sourd.

— Du talent! dit-elle avec un sourire. Certains en ont, d'autres pas.

— Certains d'entre nous sont encore en vie, rétorqua Hugo.

— Un détail! Rendez-vous à 22 heures à l'arrière. Vous vous voulez bien m'accompagner, n'est-ce-pas?

L'énergie avec laquelle Hugo acquiesça excluait toute objection de ma part et personne ne sembla remarquer que je n'avais pas répondu.

9

Ce soir-là, Hugo rentra avec moi à la maison: il avait dit à sa mère qu'il passerait la nuit chez ma tante Sara. Nous avons donc prétendu que nous allions nous coucher, moi au grenier et Hugo sur le divan-lit dans le bureau. Ça n'a pas été bien difficile de nous faufiler dehors plus tard, car tante Sara est un peu dure d'oreille, ce qui ne l'empêche pas d'être la meilleure cuisinière en ville. Elle ronflait doucement, son tricot dans les mains, quand nous sommes sortis à pas de loup.

À 22 heures, nous ne risquions pas de rencontrer d'autres enfants si nous prenions les ruelles qui se trouvaient derrière les maisons voisines de celle de ma tante. De plus, il faisait nuit noire, car le ciel était nuageux.

Hugo et moi, nous marchions à pas feutrés en espérant que les gens ne choisiraient pas cette heure tardive pour sortir leurs poubelles. Arrivés au terrain de stationnement de l'épicerie, il a fallu nous cacher derrière un camion pendant que des hommes déchargaient des caisses de légumes. À peine avaient-ils disparu dans le magasin que nous avons couru jusqu'à la bibliothèque.

La voix de Mlle Petitpas nous a accueillis derrière l'édifice, près de la motocyclette:

— Je vais conduire. Tenez-vous bien!

— Mais vous voyez à peine! ai-je objecté.

— Et toi, tu peux conduire une motocyclette? Allons! je vois suffisamment bien.

Elle avait réussi à dénicher ses lunettes protectrices et, celles-ci et l'écharpe mises à part, Mlle Petitpas était complètement invisible. La motocyclette semblait sortir toute seule des buissons tandis que les lunettes et l'écharpe planaient au-dessus.

— Ne pouvez-vous pas faire disparaître ces objets?

Toute cette histoire me rendait nerveuse. Mme Lebeuf ne me paraissait pas le genre de personne avec qui on devait avoir une prise de bec.

— Je ne portais pas ces objets quand je suis morte, alors ce n'est pas tout à fait la même chose.

Je me suis tournée vers Hugo. Cette écharpe serait aussi voyante qu'un drapeau sous les réverbères.

— Il se pourrait qu'ils soient abîmés pendant l'expédition de cette nuit, réfléchit-il à haute voix.

Aussitôt, l'écharpe s'est déroulée toute seule pour aller s'enrouler autour des lunettes, puis les deux objets flottèrent jusqu'aux buissons.

— Je les récupérerai en revenant, dit Mlle Petitpas.

Puis, comme chacun de nous semblait hésiter, Hugo s'adressa à l'air qui n'était pas aussi vide qu'on pouvait le croire:

— Vous n'allez pas, ... euh... vous volatiliser, n'est-ce pas?

— Je n'en ai nullement l'intention, répliqua une voix, fermement.

J'ai alors cru percevoir des mouvements sous le couvert des arbres, de l'autre côté de la table à pique-nique, des mouvements qui n'avaient rien à voir avec le fantôme:

«Tu as les nerfs à vif, me dis-je. Qui pourrait se trouver là?»

— Allons-y! dit l'apparition avec entrain.

— Toi la première, me poussa Hugo.

J'ai agrippé le vieux guidon pour grimper sur la selle de la moto, puis Hugo s'est installé derrière moi.

Mieux valait ne pas trop s'interroger sur l'endroit où Mlle Petitpas allait s'asseoir. Il n'y avait plus de place sur la selle et je ne sentais personne ni sur ni sous moi. Tout à coup, j'ai senti un fourmillement me parcourir le corps; j'ai deviné alors qu'elle avait pris place à travers moi. Cette idée ne me réconfortait pas du tout.

Soudain, la moto démarra, le moteur gronda, puis le guidon tourna sous mes mains. C'était comme si le sol s'était mis à glisser sous mes pieds. Notre départ fut accompagné d'un gloussement de plaisir de la part du pilote invisible.

— Des motos comme celle-ci, on n'en fait plus aujourd'hui, cria Mlle Petitpas, joyeuse.

La moto a fait une embardée: notre pilote se servait probablement de ses mains pour gesticuler plutôt que pour conduire. Après avoir foncé dans une poubelle et manqué de peu un poteau de téléphone, nous avons repris la route en passant par la pelouse du presbytère. Dès que nous passions, des lumières s'allumaient sur notre passage, des rideaux étaient tirés, mais, trop tard, nous étions déjà loin. J'entendais Mlle Petitpas qui fredonnait gaiement dans mon oreille.

«Non seulement nous nous promenons à moto avec un fantôme, mais celui-ci est à demi-aveugle et dérangé!», me disais-je.

— Nous ne tenons pas à devenir des fantômes nous-mêmes, dit Hugo calmement.

— La mort n'est pas aussi terrible qu'on le prétend, vous savez.

Si seulement elle changeait de sujet de temps en temps!

Elle a tout de même ralenti quelque peu l'allure tout en grommelant que le reste du trajet serait ennuyeux. Malgré tout, nous avons évité de justesse des branches et quelques troncs d'arbres: on aurait cru que Mlle Petit-pas les confondait avec les bornes routières.

Nous nous sommes arrêtés à une bonne distance de la maison de Mme Lebeuf, afin de ne pas lui donner l'éveil, puis après avoir dissimulé la moto dans un bosquet de lilas, nous sommes revenus à pas feutrés vers la maison. Celle-ci, ornée de boiseries ouvragées, semblait construite en pain d'épice. Un garage du même style abritait la Ford sedan. Les fenêtres éclairées faisaient tache dans l'obscurité. Hugo et moi avons grimpé dans le vieux pommier noueux qui s'élevait à côté de la maison pour mieux surveiller par la fenêtre du petit salon.

Mon cœur battait la chamade. J'avais peur, mais je brûlais d'impatience. La nuit était chaude et le bruit des voix nous parvenait par la fenêtre ouverte.

— Comment cet homme a-t-il pu permettre une telle chose? s'écria Mme Lebeuf. Laisser ces enfants conduire cette machine infernale? Nous rappeler à toutes des jours qu'il vaut mieux oublier.

Elle nous avait donc vus passer! Entendus aussi!

— Non pas que ces jours-ci soient meilleurs! dit l'une des dames boulottes avant de mettre un petit gâteau dans sa bouche.

— Silence, Florence, je n'ai pas terminé.

Florence, qui avait la bouche pleine, a fait un geste d'excuse. Mme Lebeuf a poursuivi:

— Un acte irresponsable! La vente de cette machine aurait pu rapporter un peu d'argent.

Il y eut un grognement de notre côté de la fenêtre. Mlle Petitpas, assise sur le rebord, ne nous bloquait nullement la vue, car elle était invisible. Des bibelots et toutes sortes de trucs encombraient la pièce: napperons, fleurs en plastique, chatons en porcelaine, vieux calendriers, etc. Les dames, juchées sur un canapé et quelques chaises, tenaient délicatement de petites tasses à thé dans leurs mains. Une assiette de gâteaux glacés était posée sur une table à café ouvrée, près d'une théière et d'un plateau en argent.

Tous les membres de la Société étaient présents, sauf Mlle Roy.

— Vous voulez donc m'oublier? dit Mlle Petitpas d'une voix forte.

— Je t'en prie, Florence, réprimanda Mme Lebeuf.

Florence releva ses sourcils étroits, puis continua de mastiquer.

— Dorothée, le rapport financier, je te prie.

La plus courte des dames de la Société sortit une paire de lunettes, puis la tenant devant ses yeux, fixa son regard sur un carnet noir.

— En dépit des frais occasionnés par le matériel de nettoyage, le fonds de la bibliothèque est à la hausse, grâce aux bas salaires que nous payons. En fait, les deux enfants travaillent à demi-salaire.

Mme Lebeuf, approuva d'un signe de tête:

— C'est tout ce qu'ils méritent, n'est-ce-pas, Lucinda?

— Tout à fait! s'écria celle-ci, la bouche en cœur.

— Mais notre M. Larocque veillera à ce qu'ils se tiennent bien, affirma l'hôtesse d'un ton catégorique.

— J'en doute, dit clairement une voix.

— Qui a dit cela? demanda Mme Lebeuf d'un ton de reproche aux membres de l'assemblée.

Un concert de dénégations s'éleva parmi les invitées.

— C'est moi, répondit Mlle Petitpas.

Sa voix couvrait aisément le bruit.

Le désarroi régna pendant que chacune accusait l'autre. Soudain, la théière s'éleva lentement dans les airs. Florence glapit. Une tasse alla se poser à côté de la théière. Dorothée poussa un cri aigu. Puis, dans l'air soudain plus épais, les mains de Mlle Petitpas, occupées à se verser du thé, se matérialisèrent.

— Qu...qu... qui est là?

Les yeux de Mme Lebeuf lui sortaient des orbites.

— Mais c'est moi, l'ex-bibliothécaire, mademoiselle Petitpas. Ne m'aviez-vous pas invitée?

Sans aucune main pour le soutenir, le plat de gâteaux s'éleva au-dessus de la table, surmonté seulement du sourire de Mlle Petitpas.

Florence hurla et se précipita derrière le canapé. Lucinda tenta de se cacher sous une chaise, mais sans succès: son gros derrière n'y entrait pas. Les coups de pieds, les tortillements... rien n'y fit. Même pour Mme Lebeuf, la visite du fantôme dépassait ce qu'elle pouvait supporter: son visage avait pris la couleur d'un linceul. Elle lâcha sa tasse qui se brisa et ses chevilles furent éclaboussées de thé.

— N... n... nous n'avons rien fait, bégaya-t-elle. N... nous ne voulions que vous c... c... congédier, puis vous ou... ou... oublier.

Florence se mit à caqueter, mais son langage demeura incompréhensible.

— Je serais peinée qu'on m'oublie, prononça la bouche du fantôme d'une voix agréable.

Le devant de la robe de Mme Lebeuf s'ouvrit: un gâteau glacé vint atterrir sur sa poitrine. Haletante, elle chercha un appui à tâtons. Dorothée hurla et déguerpit à toutes jambes. La théière se vida sur le tapis et sur la robe de l'hôtesse. Des gâteaux glacés volaient maintenant dans toutes les directions. Florence qui, derrière le canapé, s'était risquée à regarder, en reçut un dans l'œil. Du glaçage dégoulinait dans les cheveux de Mme Lebeuf. Des morceaux de sucre criblèrent le derrière de Lucinda: elle lança un cri perçant, la chaise se renversa et elle rampa dans un coin.

Mme Lebeuf se mit à trembler comme une feuille. Les fleurs en plastique et les napperons de dentelle volaient partout dans la pièce.

— Ce n'était pas notre faute, gémit l'hôtesse.

— Qu'est-ce qui n'était pas votre faute? demanda poliment le fantôme.

— Nous sommes venues dès que nous avons entendu du bruit, mais vous étiez déjà morte. Et l'escalier semblait en bon état.

Un napperon se posa sur son oreille gauche, tandis qu'une fleur en plastique atterrissait sur son épaule.

— Alors, qui est responsable? demanda le fantôme.

— Res... res... responsable de quoi?

Vraisemblablement, Mme Lebeuf souffrirait à jamais d'un trouble de la parole. Son visage exprimait maintenant une véritable terreur. Elle regardait les mains du fantôme d'un air hébété pendant que celles-ci ramassaient les dernières fleurs en plastique et les disposaient harmonieusement, un peu partout.

— Responsable de quoi? répéta-t-elle, tout à fait désemparée.

Il régna alors un terrible silence.

— Merci pour le thé, dit le fantôme.

Les fleurs et les napperons sont retombés par terre; la bouche et les mains de Mlle Petitpas ont disparu. Toutes les dames se sont mises à caqueter et à crier en même temps. J'ai vite dégringolé de l'arbre tandis que Hugo en est tombé, puis, après que je l'eus relevé, nous avons couru vers la motocyclette.

— Les vieilles biques sont coupables de maints crimes — snobisme, mesquinerie, hypocrisie n'en sont que quelques-uns — mais je doute qu'elles soient coupables de meurtre, dit une voix dans mon oreille.

Hugo fouilla dans sa poche et sortit la liste de suspects; il raya *les dames de la Société philanthropique, (surtout Mme Lebeuf), en colère à cause des changements*. Puis la vieille motocyclette s'extirpa des buissons de lilas.

— Je savais bien que j'allais m'amuser, dit Mlle Petitpas en riant. Et il reste encore des suspects à passer au crible, mais pas ce soir. Je suis fatiguée, dit-elle en réprimant un bâillement.

— Les fantômes peuvent donc se fatiguer? demandai-je.

— Bien sûr! Allez, hop!

J'étais fourbue. Mlle Petitpas avait été du tonnerre: elle avait même réussi à m'effrayer. Mais en me remémorant les vieilles biques au visage rond qui tentaient de se cacher, j'ai pouffé de rire. Derrière moi, Hugo se retenait à grand-peine. Je riais tellement que j'avais les yeux pleins de larmes. Quant à l'apparition, elle chantait à pleins poumons dans mon oreille:

«Gaston, y a l'téléphon qui son,
Mais y a jamais person qui y répond... »

L'apparition ignora les rues — peut-être ne les voyait-elle pas — et nous ramena chez tante Sara par les sentiers des vaches, les champs et les ruelles. La motocyclette bondissait comme un jeune chien en promenade. Je tenais le guidon de toutes mes forces et Hugo, qui s'agrippait à la selle jusqu'à en avoir les doigts bleus, tomba par deux fois. Que nous soyons rentrés sains et saufs tient du miracle. Quand nous avons enfin mis pied sur la terre ferme, j'avais les bras endoloris. La motocyclette, qui roulait à toute vitesse dans la rue Principale, s'éloigna alors en direction de la bibliothèque, sans conducteur visible.

10

Le lendemain, toute la ville était au courant de la visite du fantôme, tout au moins d'une version de cette visite. Les gens se téléphonaient. Des voisins qui ne s'étaient pas adressé la parole depuis dix ans parlaient du fantôme. Le téléphone de tante Sara sonna pendant que je me lavais les oreilles et je l'ai entendue s'exclamer:

— Ça par exemple! Tu ne te moques pas de moi tout de même?

Tante Sara nous a alors raconté toute l'histoire pendant le petit déjeuner:

— Le fantôme de la dernière bibliothécaire est apparu aux dames de la Société philanthropique hier soir et les a félicitées pour leur bon travail. Ces pauvres dames étaient effrayées, mais, selon les rumeurs, elles n'en ont pas perdu leur dignité pour autant. Finalement, Mme Lebeuf a réussi à chasser l'apparition grâce à quelque incantation, bien que l'effort lui ait valu un léger bégaiement.

— Incroyable! s'exclama Hugo, la cuillère de céréales dans les airs.

Les mots se précipitaient dans ma tête: «Je peux conduire une motocyclette. J'accompagnais le fantôme hier soir. Me croiriez-vous maintenant si je vous le disais? Laissez-moi vous raconter!» Mais, les lèvres bien serrées, je n'ai pas dévoilé le secret. Hugo avait l'air pensif; il n'allait tout de même pas rectifier les faits pour tante Sara?

— Croyez-vous aux fantômes, ma tante? ai-je demandé vivement, avant que Hugo puisse parler.

— Mais bien sûr! Quelqu'un a déjà dit que le monde est beaucoup plus complexe qu'on le croit! Enfin, quelque chose du genre. Même plus, quand j'étais petite, il y avait une ferme, dans le comté de Lévis, hantée par un esprit frappeur: c'est un esprit qui lance des objets dans la maison, sans raison aucune.

J'ai avalé de travers. Hugo m'a tapé dans le dos, mais ses lunettes sont tombées dans son bol de céréales et, en voulant les récupérer, il a renversé le sucrier.

— Mon Dieu, est-ce que ça va? demanda tante Sara.

Puis elle a offert une rôtie à Hugo sur une assiette en bois. J'ai alors remarqué que la plupart des objets fragiles avaient disparu de la table.

— Ne vous laissez pas trop malmener par le nouveau bibliothécaire, recommanda tante

Sara, en nous remettant nos sacs pour le dîner.

Nous sommes sortis avant que Hugo ne démolisse quoi que ce soit et pendant que je pouvais encore tenir ma langue.

Nous avons marché en silence sous les grands érables de la rue Principale, mais après le salon de coiffure et la quincaillerie, j'ai interrogé Hugo:

— Crois-tu que Mlle Petitpas est un esprit frappeur?

— Je pense qu'elle est plus que ça. Et je doute qu'un esprit frappeur ait de la personnalité ou qu'il puisse se matérialiser. De plus, Mlle Petitpas semble faire montre de plusieurs pouvoirs.

— Mlle Petitpas ne manque certes pas de personnalité! Et dire que cette menteuse de Mme Lebeuf raconte qu'elle l'a chassée. Quel culot! Quand on sait que le fantôme l'a rendue dingue.

— Mais pourquoi avoir parlé de la visite du fantôme?

— Hugo, tu ne sais pas ce qu'est une petite ville. Mme Lebeuf sera la femme la plus occupée de Val-Robert dans les mois à venir. Tout le monde voudra voir l'endroit où est apparu le fantôme. Elle aura des gens pour le thé jour et nuit.

— Tu veux dire que ça la rendra populaire?

— Exactement! Elle s'en délectera plus qu'un chat de sa crème! En fait, Mlle Petitpas lui a fait une faveur.

— Oh!

Mais quelque chose d'autre s'était produit entre-temps qui allait diminuer la célébrité de Mme Lebeuf.

Pendant que Mlle Petitpas hantait la maison en pain d'épice, quelqu'un s'était introduit par effraction dans la bibliothèque. Mais le cambrioleur n'avait rien pu emporter, grâce au vieux Gratton.

Un agent de police de Hubertville était sur les lieux quand nous sommes arrivés ce matin-là. Même s'il était encore tôt le matin, l'agent transpirait déjà. Il passa cinq bonnes minutes à parler température avec le vieux Gratton avant de prendre la déposition de Larocque qui fulminait de rage.

— Quand je suis arrivé, dit l'araignée d'un ton sec, la serrure de la porte arrière avait été forcée et la bibliothèque se trouvait dans un désordre épouvantable.

En effet, des livres avaient été jetés des étagères et gisaient sur le plancher. À la cave, des boîtes avaient été renversées et des tonnes de papier s'amoncelaient sur le sol.

L'agent mouilla le bout de son crayon avec sa langue et s'apprêta à écrire dans son calepin écorné.

— Est-ce qu'il manque quelque chose? interrogea-t-il.

— Comment le saurais-je? Vous avez vu ce fouillis?

L'agent regarda tout autour.

— Y a-t-il des objets de valeur ici?

— Mais tout a de la valeur dans une bibliothèque.

— Hum! hum! fit l'agent.

— Ne restez pas plantés là, vous deux, nous cria Larocque. Allez! commencez à ranger.

Nous avons tout de suite commencé à ramasser les livres.

— Je ne serais pas étonné que ce soit lui le coupable, dit Larocque en indiquant le vieux Gratton de la tête.

— Hum! hum! fit le policier, l'air ennuyé.

Gratton, assis dans un coin, tirait calmement sur sa pipe vide. Or, à mon grand étonnement, l'agent prit ensuite sa déposition.

— Quand j'ai vu une lumière qui clignotait par les vitres, j'ai su qu'y avait quelque chose de louche. J'ai j'té un coup d'œil. Comme de fait, y avait quelqu'un à l'intérieur. La serrure de la porte avait été forcée. J'suis entré à pas de loup: y faisait noir ici à c'te heure-là. J'ai buté sur les livres qui s'trouvent par terre. Le bruit a dû lui donner la frousse. Y a monté l'escalier de la cave à toutes jambes et s'est sauvé par la porte de derrière avant que j'puisse y voir la face.

Gratton se gratta le menton.

— L'intrus était donc dans la cave quand vous l'avez interrompu, déclara le policier.

— C'est c'que je pense. Je m'suis installé à la porte de derrière le reste de la nuit, pour garder la place, comme pour dire. Personne d'autre que j'pouvais envoyer téléphoner, comprenez?

— Il n'y a pas de téléphone dans la bibliothèque?

— Je pensais justement à le faire installer..., intervint Larocque.

L'agent hocha la tête et prit le tout en note.

— Merci, Édouard.

— Content d'avoir été là! J'ai un p'tit faible pour la bibliothèque.

L'agent ferma son calepin d'un coup sec.

— Voilà! Nous ne pouvons pas vraiment faire quoi que ce soit jusqu'à ce que vous nous ayez remis une liste des objets disparus, monsieur Larocque. Il s'agissait probablement d'un étranger pour qui le vandalisme a des attraits. Les habitants de Val-Robert sont plutôt respectueux des lois. Appelez-nous quand vous aurez terminé votre liste.

Larocque accompagna le policier jusqu'à la porte, la mine renfrognée, puis revint sur ses pas.

— Il sait fort bien qu'il est impossible d'établir une liste, dit-il, grognon.

Pourtant, le rez-de-chaussée n'était pas aussi en désordre qu'il y paraissait à première vue. Sans le vieux Gratton, je parie que les dommages auraient été bien plus graves. Pendant que nous remettions les livres sur les étagères, il s'approcha doucement de moi.

— Bizarre, murmura-t-il en fixant le fourneau de sa pipe, hier soir, tard, j'ai vu une motocyclette tourner par ici, sans personne pour la conduire.

— Oh! fis-je, inquiète.

Je n'avais pas envie de parler de Mlle Petitpas à quiconque, pas même au vieux Gratton. Avait-il entendu parler de la visite du fantôme? Si jamais Larocque apprenait que nous avions été mêlés à cela, nous perdrions notre emploi à coup sûr.

— Mais, comme de raison, quand un corps est aussi vieux que le mien, y voit d'étranges choses, ajouta-t-il d'une voix traînante en nous adressant un clin d'œil complice.

Désemparée, je souris au vieux Gratton, puis il s'apprêta à faire un petit somme bien mérité.

«Nous aurons de graves ennuis si jamais les gens d'ici découvrent que nous sommes associés avec Mlle Petitpas», me dis-je.

Une fois les livres replacés sur les étagères, Larocque nous envoya à la cave pour mettre un peu d'ordre dans ce fouillis. Puis il ouvrit la bibliothèque, ce qui nous donna la chance de consulter le fantôme.

La porte du sous-sol à peine fermée, nous avons appelé Mlle Petitpas, sans toutefois obtenir de réponse. Nous étions donc seuls, Hugo et moi, à ranger et à nous interroger.

— Qui s'est introduit ici selon toi?

Notre liste de suspects se réduisait à quatre noms, car les dames de la Société philanthropique n'avaient certes rien à voir avec cette tentative de cambriolage, occupées comme elles l'étaient à éviter les gâteaux volants pendant ce temps. Le coupable était-il un de nos autres suspects? Si oui, lequel?

— Ce qu'il faut surtout nous demander, c'est pourquoi? Si nous connaissions la réponse à cette question, nous pourrions trouver qui, déclara Hugo.

— Tu veux dire qu'il faudrait savoir ce que venait chercher la personne qui s'est introduite ici?

— Voilà!

— Oui, mais comment?

— Cherchons des indices!

Encore des indices! Pourtant, cette fois, cela m'intéressait. On s'est mis à regarder tout autour.

Le désordre qui régnait au sous-sol était pire encore que celui du rez-de-chaussée — tout ce travail pour rien! Or, en y regardant de près, certains endroits semblaient plus saccagés que d'autres. Des boîtes avaient été renversées et leur contenu s'était vidé sur le sol sans qu'on y ait touché. La boîte étiquetée 1950 avait probablement reçu un coup de pied, car les feuilles s'étalaient en éventail sur le plancher. Mais les papiers gisaient vraiment pêle-mêle à un endroit bien spécifique.

— C'est bizarre, c'est la même boîte que la première fois: «Dons 1985».

Hugo fut à mes côtés en moins de deux:

— La même? Tu es en sûre?

— Je pense que oui.

— Cela signifie peut-être quelque chose, dit-il.

Il regardait les papiers sur le plancher, les yeux écarquillés. Ses lunettes glissèrent sur son nez.

— Tu veux dire que ça pourrait être un indice?

— Un excellent indice. On dirait que quelqu'un...

— ...cherchait quelque chose relativement à cette année-là, ai-je terminé.

Les yeux écarquillés, nous étions tous deux en proie à l'excitation. Les lèvres de Hugo se sont même contractées dans un sourire après quelques tentatives.

— Mais quoi?

— Peut-être est-ce encore ici, a répondu Hugo. M. Gratton n'a-t-il pas dit qu'il avait surpris le cambrioleur?

— Hugo, tu es brillant!

Hugo m'a paru accorder un intérêt démesuré à ses lacets de souliers, puis doucement, afin de ne rien déplacer, nous nous sommes agenouillés sur le sol. Des enveloppes pleines de documents jaunis avaient été jetées par terre; de vieux livres, à la reliure abîmée, avaient été lancés d'un côté; des paquets de lettres s'étalaient sens dessus dessous. Les mains tremblantes, nous allions examiner les documents quand, soudain, une voix s'écria d'un ton dramatique:

— Je me fais tellement de reproches!

Mlle Petitpas était trop énervée pour se matérialiser correctement. Seul un morceau de sa blouse apparaissait à la fois, puis disparaissait aussitôt.

— Vous croyez aussi que c'est peut-être le meurtrier qui s'est introduit ici? demanda Hugo.

— N'est-ce pas évident?

— Le vieux Gratton l'a chassé, vous savez, lui dis-je.

Mlle Petitpas fit signe que oui.

— Un homme très doué, dit-elle, tandis que, moi, je suis une vieille folle!

Elle faisait les cent pas, furieuse. Hugo et moi la regardions. La partie visible de ses bras balayait l'air. Puis en les levant au ciel, à la manière d'un agent de la circulation, elle a crié:

— Arrêtez! (Même s'il n'y avait personne à arrêter, sauf elle.) Peut-être y arriverons-nous par déduction. Où se trouvait le plus grand désordre?

— Ici.

— Il y avait bien quelques livres par terre au rez-de-chaussée, mais rien d'alarmant, ajouta Hugo. C'était bien pire ici, au sous-sol.

— Ah, ah! Le meurtrier aurait donc éparpillé quelques livres en haut pour dissimuler son véritable intérêt, c'est-à-dire la cave.

Comme nous, un peu plus tôt, Mlle Petitpas promena son regard sur les différents tas de papiers.

— Est-ce que cela vous paraît pire ici? demanda-t-elle en pointant l'endroit où nous nous tenions.

Nous avons fait signe que oui, puis j'ai lu «Dons 1985» sur la boîte.

— Pouvons-nous conclure que le meurtrier cherchait quelque chose ici? demanda le fantôme.

— Je pense que c'est évident, ai-je répliqué. Et il ne s'agit pas non plus de la première fois que l'on fouille cette boîte. Tout y était pêle-mêle à notre arrivée lundi!

— Ah, ah! Très bien! Excellent travail! Maintenant, nous devons la fouiller à notre tour.

Mais, au moment où nous allions mettre notre projet à exécution, il a y eu du bruit en haut de l'escalier. La voix de Larocque nous est parvenue jusqu'en bas:

— Ne vous ai-je pas demandé de poser une serrure juste là? La bibliothèque a été cambriolée hier soir, vous savez.

— Mais on n'a jamais mis de verrou sur la porte du sous-sol, m'sieur, l'informa M.

Lejeune, l'homme de la quincaillerie. Quel dommage de percer un trou dans cette belle vieille porte.

— Percez, percez. C'est pour ça que je vous paie, non? Et je veux que vous posiez de nouvelles serrures sur toutes les portes qui donnent sur l'extérieur. Je veux des serrures solides.

— Comme vous voulez. C'est tout de même dommage, car personne ne ferme beaucoup à clé à Val-Robert.

— Moi, j'ai toujours fermé à clé, et j'en ai maintenant l'intention plus que jamais! Cette bibliothèque doit être protégée.

Puis Larocque, se rappelant que nous étions au sous-sol pour ranger, est descendu nous passer un savon:

— Ce n'est pas une colonie de vacances ici, remuez-vous! Remettez ces papiers là où ils vont!

Le bruit de la perceuse a couvert la réplique mordante de Mlle Petitpas, mais, sitôt le silence revenu, elle a marmonné:

— Des verrous? Bah! Ça ne me fait ni chaud ni froid. Revenez ce soir et nous examinerons la boîte marquée 1985.

— Mais nous ne pouvons pas passer à travers les portes, lui a fait remarquer Hugo.

— J'oubliais. Eh bien! nous n'aurons qu'à chaparder les clés, n'est-ce-pas? dit-elle gaiement.

96

— Est-ce que vous travaillez ou vous bavardez? nous cria Larocque d'en haut.

— Nous travaillons, nous travaillons.

Le martèlement de chaussures ferrées se fit alors entendre au rez-de-chaussée et l'écho d'une voix bégayante retentit jusqu'à nous. Soudain, Larocque s'est précipité au sous-sol:

— Si jamais je vous reprends à conduire cette motocyclette, vous serez congédiés.

Ainsi, Mme Lebeuf lui avait raconté qu'elle nous avait vus passer à moto le soir de la visite du fantôme. J'ai senti mon cœur se serrer dans ma poitrine. Nous ne pouvions pas nous permettre de perdre notre emploi, nous avions trop besoin d'argent.

— Je ne vous ai pas demandé d'apporter ce machin au dépotoir pour que vous jouiez avec, rageait le bibliothécaire. Je vous interdis de toucher à ce tas de ferraille.

— Hum! dit une voix.

Larocque nous lança un regard furieux.

— Montez maintenant, grogna-t-il, j'ai besoin de vous au comptoir, il y a beaucoup de monde.

Puis, pour la première fois, il verrouilla la porte du sous-sol. L'accès aux indices n'était plus aussi facile à présent.

Ce soir-là, sur le chemin du retour, Jean Gagnon fit quelques pas avec nous. Il allait livrer un médicament à Louise Provost.

— Elle a un rhume de poitrine et elle ne peut se résigner à être malade au moment où il se passe tant de choses à Val-Robert, dit-il, le sourire aux lèvres. Elle a convaincu le vieux docteur Séverin de lui prescrire un médicament, même si cela ne changera pas grand-chose. Les rhumes sont comme les orages: il faut les laisser passer!

— Tu as probablement raison, dis-je en souriant.

S'il y avait une personne en ville avec qui je me sentais bien, c'était Jean.

— Qu'est-ce que c'est que cette histoire au sujet d'un cambriolage? demanda Jean tout en marchant.

Alors, je lui ai tout raconté, sauf ce qui avait trait à Mlle Petitpas, évidemment.

— Je ne comprends pas que quelqu'un ait tenté de voler quelque chose là-bas, a-t-il dit, l'air incrédule. On peut y emprunter tout ce qui s'y trouve.

Il suggéra alors qu'il serait peut-être plus sage de quitter notre emploi à la bibliothèque, car l'endroit lui paraissait dangereux maintenant qu'on y avait tenté un cambriolage, surtout que nous n'avions pas signé de contrat d'embauche.

Le fait de ne pouvoir parler à quiconque de Mlle Petitpas commençait à me peser, je suppose, car j'ai fait un faux pas, sauf que mes pieds n'étaient pas en cause.

— Quitter la bibliothèque? C'est impossible: nous sommes sur la piste d'un meurtrier.

Hugo cligna des yeux, horrifié. Je sentis ma gorge se serrer. Je n'arrivais pas à croire ce que j'avais fait. Maintenant, tout le monde saurait. Pourquoi n'avais-je pas tenu ma langue?

Jean rit.

— Nickie, avec une imagination comme celle-là, tu devrais devenir écrivaine.

Je me suis sentie piquée au vif. Je ne pouvais effacer ce que j'avais dit, mais, si je réussissais à convaincre Jean, il nous aiderait peut-être.

— Vraiment! ai-je répondu. Ce n'est pas mon imagination. Vas-y, dis-lui, Hugo.

Celui-ci me fixait, en silence. J'ai détourné les yeux, honteuse.

Puis Jean, toujours incrédule, a pris l'allée qui menait chez Mlle Provost en riant.

— Nous jouerons une partie de base-ball cette semaine, a-t-il lancé.

— D'accord.

J'avais le cœur en charpie.

— Pourquoi as-tu fait ça? demanda Hugo. Pourquoi?

Comment pouvais-je expliquer à Hugo ce que je n'arrivais pas à comprendre moi-même?

— C'est sorti tout seul, Hugo. Je suis désolée. Mais j'ai confiance en Jean. Il ne peut pas être le coupable, ai-je dit en espérant de tout cœur avoir raison. Et c'est tellement difficile de garder un secret comme celui-ci.

— Mais Jean est sur la liste.

Puis nous avons aperçu Tom Robert qui sortait du bureau de poste. Il salua Jean qui riait encore. Il marcha jusqu'à sa luxueuse auto rouge stationnée en bordure du trottoir, puis, comme il avait ouvert le toit cette journée-là, d'un bond, il prit place au volant.

Quelques instants plus tard, Jean est sorti de chez Mlle Provost et l'a rejoint. Quand Tom démarra, j'ai vu qu'ils riaient ensemble.

— Mais, Hugo, ça ne peut pas être Jean! N'est-ce pas?

11

Maintenant que nous savions que la boîte renfermait un indice important, le fait de ne pas pouvoir l'examiner me rendait nerveuse. Cette idée m'avait trotté dans la tête toute la journée dimanche et, au travail, lundi aussi. Je ressentais les mêmes sentiments, mais plus forts, que lors de la dernière semaine d'école avant les grandes vacances. Si seulement Larocque nous laissait en paix quelques heures dans la cave, nous arriverions peut-être à percer ce mystère!

Oh non! À croire que toutes ses épargnes étaient cachées ici tellement il surveillait l'endroit. À moins qu'il ait une tout autre raison? La boîte contenait-elle un indice qui ferait peser les soupçons sur lui? Le véritable meurtrier essaierait sûrement de nous empêcher d'examiner les preuves de sa culpabilité. «C'était donc ça son jeu!» J'imaginais Larocque se faufilant derrière Mlle Petitpas pour l'assommer: il était suffisamment méchant pour ça. Mais pourquoi en aurait-il voulu à la bibliothécaire qu'il n'avait jamais rencontrée? Peut-être s'était-il trouvé sans emploi pendant des années et avait-il su pouvoir décrocher celui-ci? Si elle n'était pas dans son chemin, bien entendu! Alors il l'a tuée. Puis il a attendu: offrir ses services tout de suite après le meurtre aurait éveillé les soupçons. Il a donc patienté pendant cinq ans. Puis, quand il a finalement obtenu l'emploi, personne n'a fait de lien entre les deux événements.

— Voilà! dis-je à Hugo, après avoir résumé cette théorie pendant que nous balayions à l'étage, deux jours après le cambriolage.

— Le problème, dit Hugo, c'est que Mlle Petitpas ne se souvient même pas avoir jamais rencontré Larocque de son vivant.

— Il l'évitait, voilà tout. Il ne pouvait risquer de la rencontrer face à face.

— Dans une ville comme celle-ci, tout le monde ne connaît-il pas tout le monde? Et personne ne connaissait Larocque il y a cinq ans. Il nous a dit lui-même qu'il était un nouveau venu, tu te rappelles? Tu ne l'a jamais vu avant cette année, n'est-ce pas?

— Non.

Tout de même, je décidai de le garder à l'œil. Tâche peu compliquée, car lui-même nous surveillait de près. Chaque matin, il déverrouillait la porte du sous-sol — maintenant munie d'une serrure dont le mécanisme fonctionnait seulement à l'aide d'une clé — puis il s'assurait que les boîtes de papiers n'avaient pas été touchées pendant la nuit.

— Ce sous-sol contient les archives de Val-Robert. Un nombre incalculable de documents irremplaçables y sont conservés. Ils doivent être gardés précieusement, affirmait-il.

Pourquoi s'en préoccuper autant tout à coup? Décidément, je le trouvais de plus en plus suspect.

Ce matin-là, après avoir inspecté la cave, Larocque reverrouilla la porte et nous envoya balayer à l'étage. Il gardait la clé, avec quelques autres, sur un porte-clés. Celui-ci, attaché à la poche de son pantalon par une chaîne, y demeurait caché toute la journée. Lundi soir, après avoir verrouillé la porte de la bibliothèque, il remit le porte-clés dans sa poche et rentra chez lui à pied. Chaparder ces clés n'allait pas être aussi facile que prévu.

Le lendemain, Mlle Petitpas nous rejoignit à l'étage au milieu de la matinée. Enfin, c'est une façon de parler. Elle nous apparut, en partie, assise sur une chaise rembourrée, ombre floue dans la poussière. De la fenêtre, un rayon de soleil miroitait à travers elle.

— Toujours aussi confortable, dit-elle avec satisfaction.

— Étiez-vous en train de dormir? ai-je demandé, surprise.

— Les fantômes ne dorment pas, m'informa-t-elle. Je me reposais seulement en vue

de l'attaque contre cette obséquieuse araignée de bibliothécaire.

Hugo la mit au courant des difficultés
qu'on aurait à voler les clés.

— Peut-être que vous devriez le faire sans
nous, dis-je tout en balayant. Vous pourrez
examiner le contenu de la boîte et nous dire
ce que vous aurez trouvé.

— Foutaises! grogna-t-elle. Si j'avais pu
découvrir les indices moi-même, je l'aurais fait
il y a déjà longtemps. Et je ne vous aurais
pas proposé cette association. Je suis incapable de lire un mot, vous vous rappelez?
Sans mes verres, je ne peux même pas dire
ce qu'il y a dans cette boîte. Allons! nous le
ferons ensemble.

J'avais oublié qu'elle n'avait pas une très
bonne vue.

— Mais il garde tout le temps les clés à la
chaîne qu'il a dans sa poche. Nous ne pouvons pas pénétrer dans le sous-sol tout
seuls. Impossible!

— Impossible? Impossible? Choix de mot
peu judicieux qui devrait être banni de la
langue, plus! éliminé des dictionnaires. Il y a
des tâches simples et il y en a d'autres qui
requièrent de l'effort comme celle de se procurer les clés de la cave. Nous trouverons
un moyen. Après tout, dit-elle en souriant,
même Larocque doit enlever son pantalon de
temps en temps.

— Vous voulez dire quand il dort?

Son sourire s'élargit.

— Étiez-vous ainsi de votre vivant? dis-je en la fixant.

— Je n'avais pas de difficulté à me matérialiser jadis.

«Elle ne cesserait donc jamais de m'étonner?»

Le fantôme roula les manches de sa blouse:

— Premièrement, découvrez où il habite. Cherchez à connaître sa routine, ses habitudes de vie. Voilà votre mission. Les gens comme lui font toujours les mêmes choses, de la même manière, chaque jour. Puis nous tenterons une attaque de nuit.

— Je suppose que nous devrons le suivre jusque chez lui, dis-je, mécontente.

— Ce serait un bon commencement. Pendant ce temps, je surveillerai les preuves, verrou ou pas.

Filer Larocque ne me disait rien du tout. Au contraire, j'avais toujours hâte de m'éloigner de l'araignée à la fin de ma journée.

— Encore en train de faire semblant? siffla-t-il tout à coup.

Nous étions tellement pris par nos plans que nous ne l'avions pas entendu monter.

Mais il s'arrêta net, le regard fixé sur Mlle Petitpas qui n'avait pas eu le temps de disparaître.

— Grognon! dit-elle, puis son image s'affadit.

— Quoi? Qui a fait ça? demanda Larocque en jetant un regard accusateur autour de lui.

— Fait quoi? demanda Hugo innocemment.

Larocque secoua vivement la tête, puis il dit:

— Peu importe! Allez, au travail!

Au moment où il s'éloigna, les pans de son veston se sont élevés dans les airs. Il s'est retourné, prêt à nous attraper. Mais nous étions trop loin pour être les coupables. Puis son veston s'est soulevé à nouveau comme s'il y avait une grosse brise.

— Lâchez ça! Je vous avertis!

Il clignait des yeux, colérique et désemparé à la fois. Il se mit à frapper sur son veston, sans succès.

— Je ne sais pas comment vous vous y prenez, mais vous le regretterez! dit-il, menaçant.

— Mais nous ne faisons rien, dit Hugo, vraiment!

En maugréant plus que jamais, Larocque descendit l'escalier. Il attrapait vivement les pans de son veston, il tirait dessus, mais en vain! Ce n'est qu'au rez-de-chaussée que le vêtement a repris sa forme.

— Vous ne devriez pas faire ça, mademoiselle Petitpas. Vous allez nous causer des ennuis, ai-je lancé, furieuse.

— Balivernes! répliqua-t-elle simplement.

Avant que nous ne filions Larocque jusque chez lui, je ne l'avais jamais imaginé ayant un chez-soi. À mon avis, il était trop mesquin pour dormir et manger comme tout le monde. Il vivait dans la maison de rapport de Mlle Chevalier, tout comme un vieil homme décrépit, une brigadière à la retraite, un chat paresseux et un chien de chasse vieux comme le monde.

L'important, quand on prend quelqu'un en filature, est de passer inaperçu. Hugo suggéra donc d'attendre que Larocque ait tourné un coin de rue, puis de couper à travers les cours arrière afin de retrouver sa trace. Sitôt dit, sitôt fait. Tout fonctionna à merveille. Par chance, la maison voisine de celle de Mlle Chevalier était inhabitée et une des fenêtres à l'arrière de la maison était brisée. Rien de plus facile que d'y passer le bras pour défaire le loquet! La fenêtre s'est ouverte en grinçant. J'ai vivement jeté un regard tout autour avant d'entrer et, lentement, nous avons pris l'escalier qui menait à une pièce donnant sur la maison de rapport. Dissimulés parmi les toiles d'araignées, nous y jetions un coup d'œil de temps en temps.

— Laquelle est sa chambre, penses-tu?

— Je ne sais pas, a répondu Hugo. Nous devrions les surveiller toutes.

Finalement, Larocque est apparu ouvrant une fenêtre à l'étage. Nous avions une vue de sa chambre par le carreau supérieur d'une fenêtre de la pièce où nous nous trouvions. Pour bien voir, nous n'avions eu qu'à poser une chaise qui tombait en ruine sur une caisse installée sur un divan mangé par les rats et le tour a été joué. Nous sommes donc allés souper à la maison avec l'intention de revenir plus tard «faire le guet», comme disait Hugo.

○

— Mais je ne vais pas grimper là-dessus, a annoncé Hugo en regardant notre observatoire de fortune. Tu sais combien j'ai le vertige. De toute façon, c'est toi l'alpiniste ici. C'est toi qui montes.

Il était onze heures du soir. Nous étions fatigués, mais nous croyions que Larocque irait bientôt au lit et, pour autant que nous le sachions, il n'avait pas encore abandonné ses clés. Le moment crucial était enfin arrivé et voilà que Hugo flanchait.

— Cela fait des heures que je suis là-haut, c'est à ton tour.

— Tu es une excellente espionne. Je ne vois pas pourquoi je devrais prendre ta place.

— Je ne vais pas le regarder se déshabiller tout de même!

— Pourquoi pas?

— Comment ça, pourquoi pas? Parce que je suis une fille, voyons!

— Oh!

Hugo parut gêné. Il se rendait compte qu'il perdait du terrain.

— Tu mènes une enquête, improvisa-t-il, c'est plus important, non?

— Hugo, monte sur cette chaise ou on va tout rater. Je vais t'aider.

— C'est plutôt haut pour tomber. Les hauteurs me donnent le mal de mer.

— Grouille!

Je lui ai tenu les genoux pendant qu'il grimpait.

— Un peu à gauche, dis-je dans un souffle.

Soudainement, toute notre construction s'agita.

— Non! Pas si fort, dis-je en agrippant la chaise. Penche-toi en avant!

L'assemblage se stabilisa. Hugo atteignit le sommet, saisit le dormant de la fenêtre et colla ses yeux de hibou sur la vitre poussiéreuse. D'où je me tenais, en face du carreau du bas, je voyais à peine la fenêtre de Larocque. Sa chambre était éclairée maintenant. Quand avait-il allumé? Probablement pendant que nous nous obstinions, Hugo et moi. Je me suis demandé ce que nous avions raté.

— Il a déjà enlevé son pantalon, chuchota Hugo.

— Oh non! dis-je, déçue. Les clés! Peux-tu voir les clés?

— Non. Attends. Il s'en va dans la salle de bains. Tiens bon! Je pense que je vais éternuer.

L'équilibre de Hugo étant précaire dans les meilleurs moments, s'il fallait qu'il éternue au sommet de cette chaise, il provoquerait un éboulement.

— Retiens-toi! Pince-toi le nez.

— Je ne peux pas, j'ai besoin de mes deux mains pour me soutenir. Oh! Le voilà. Le moins qu'on puisse dire, c'est que son pyjama est bouffant. Ça y est! il se couche. Il secoue ses oreillers. Oh non! s'écria Hugo.

La lumière de Larocque s'éteignit.

— Oh non, quoi? Que se passe-t-il? Est-ce qu'il t'a vu? Mais parle! Qu'est-il arrivé?

— Tu m'aides à descendre?

Doucement, Hugo s'est glissé jusqu'au sol. Nous étions sains et saufs. Il avait l'air surpris et content de lui. Tout à coup, notre tour improvisée s'effondra dans un terrible vacarme. La chaise se brisa en plusieurs morceaux; la caisse rebondit deux fois.

— Ah-hou-ou-ou!!!!

Partout, dans la maison de rapport, les lumières se sont allumées instantanément. Le hurlement s'intensifiait, probablement celui du chien de chasse: Mlle Chevalier devait l'avoir détaché. Il ne me paraissait plus du tout vieux, mais plutôt féroce. Hugo trébucha sur la caisse.

— Dépêche-toi, Hugo, dis-je en le relevant.

110

La chambre de Larocque s'éclaira, mais pas question de rester pour en apprendre davantage. Nous avons descendu les marches délabrées quatre par quatre, puis couru jusqu'à la porte d'entrée.

— Ah-hou-ou-ou!!!!

Le chien se tenait juste derrière la porte. Ses griffes grattaient le bois. Le bruit de pas précipités se rapprochait.

— Est-ce un voleur, Prince? Va chercher ton fusil de chasse, Henri!

Il s'agissait probablement de la brigadière.

Ma vie entière me traversa l'esprit en un éclair. Si nous ne mourions pas dans les dix prochaines minutes, nous passerions probablement le reste de nos jours derrière les barreaux. Hugo me tira par le bras.

— La fenêtre de derrière, murmura-t-il.

Sortant alors de ma torpeur, je me suis remise à courir.

— Que quelqu'un surveille la porte de derrière, hurla la brigadière.

Mais nous étions déjà sortis et nous nous sauvions à toutes jambes à travers les buissons. Hugo est bien tombé une fois ou deux sur le chemin du retour, mais ça ne m'a pas dérangée le moins du monde, même si, chaque fois, j'ai dû le relever.

— Je ne suis pas faite pour ce genre de choses, dis-je, haletante, une fois bien à l'abri dans le salon de tante Sara. Je suis trop poltronne.

— Je suppose que je n'étais pas fait pour devenir détective non plus, dit Hugo. J'ai trop facilement le vertige.

— Moi, j'ai trop peur de tout!

— Tu n'as jamais le vertige et tu ne crains pas de courir ou de conduire une motocyclette.

— C'est vrai.

Je me sentais mieux, tout à coup.

— De toute façon, lança-t-il, nous savons maintenant où Larocque garde ses clés.

— Vraiment? dis-je, soudainement pleine d'espoir.

— Mais ce n'est pas très encourageant.

— Eh bien, où?

Hugo mit une ou deux autres minutes pour reprendre haleine avant de répondre:

— Sous son oreiller.

Je me suis pris la tête à deux mains en gémissant. Même Mlle Petitpas ne pourrait pas chaparder les clés sans que Larocque s'en aperçoive. De deux choses l'une: ou il était le meurtrier ou il vouait une méfiance maladive à l'égard de tout le monde.

L'enquête était au point mort. Du moins, c'est ce que je croyais. Mais je ne savais pas que le meurtrier était déjà à nos trousses.

12

Mlle Petitpas décida alors de traquer le renard. En d'autres termes, elle allait rendre la vie impossible à Larocque. Elle espérait le rendre suffisamment nerveux pour qu'il en perde ses clés, ce qui nous donnerait ainsi l'occasion de fouiller à la cave.

— Pourquoi ne pas simplement essayer de nous faufiler par la fenêtre? demanda Hugo.

J'avais complètement oublié cette petite fenêtre dans le sous-sol: une ouverture tellement étroite que nous devrions littéralement nous y glisser; tout à fait impossible pour un adulte d'emprunter cette voie. Même Hugo et moi, qui étions maigres, nous aurions de la difficulté à passer à cause des mauvaises herbes et des vignes qui la recouvraient.

— Non, inutile d'y penser, dit le fantôme. Que se passerait-il si vous deviez vous sauver à toute vitesse?

Elle avait raison. Personne ne pourrait s'enfuir rapidement par cette issue, peu importe sa taille.

Pendant une semaine, Larocque bénéficia donc du régime spécial. L'invisible Mlle Petitpas soulevait des livres sous son nez, les balançait dans les airs, puis les laissait tomber. Larocque ne faisait que maugréer et les ramassait sans plus. Elle lui arrachait des papiers des mains, lui brisait ses crayons... il jurait, puis allait en aiguiser les bouts. Elle sifflait dans ses oreilles... il acheta des protège-tympans. Néanmoins, son caractère passa de mal en pis.

Hugo et moi tentions de l'éviter à tout prix. Dès que nous en avions l'occasion, nous nous précipitions dans d'autres pièces pour ranger.

Larocque nous criait tellement par la tête que sa voix en devint rauque. Si nous étions calmement en train d'épousseter, il se précipitait sur nous et hurlait ses accusations.

— Vous vous croyez drôles peut-être? lança-t-il furieusement un jour. Eh bien, vous ne me faites pas peur. Alors, autant laisser tomber vos stupides tours.

Hugo et moi n'avons même pas pris la peine de lui répondre, le fantôme non plus.

Quand Mlle Petitpas était invisible, Larocque l'injuriait. Mais dès qu'elle apparaissait, il l'ignorait.

À l'occasion, le vieux Gratton se réveillait juste à temps pour assister au spectacle.

— Pour l'amour du ciel! dit-il la première fois.

— Que le diable m'emporte! murmura-t-il la fois suivante.

La troisième fois, il commença à parler au vide en espérant qu'on lui réponde.

— Soyez donc pas timide, chuchotait-il quand personne n'était près de lui. J'suis votre ami, pas vrai?

Ce qualificatif ne me paraissait pas du tout s'appliquer à Mlle Petitpas, mais elle ne répondait jamais.

Puis, le mardi après-midi suivant, pendant que Mlle Petitpas était en train de harceler Larocque à la porte d'entrée, quelque chose bougea au-dessus de nos têtes. Nous nous tenions sur le perron; Larocque faisait tout en son pouvoir pour préserver sa dignité tandis que Hugo et moi assistions au combat. C'était l'heure de fermeture, mais la porte refusait de se fermer. Au moment où le visage de Larocque s'est empourpré, nous nous sommes éloignés, Hugo et moi. Mlle Petitpas semblait prendre le dessus. Finalement, le bibliothécaire a fermement planté ses pieds sur le pas de la porte, saisi la poignée, puis tiré de toutes ses forces. Mlle Petitpas a alors lâché prise. La porte s'est refermée violemment, projetant Larocque les quatre fers en l'air sur le perron de la bibliothèque. Un fourmillement m'a parcouru le corps au moment où Mlle Petitpas est passée au travers moi.

J'ai reculé afin de lui laisser un peu d'espace. Soudainement, un grattement s'est fait entendre au-dessus de nos têtes, puis j'ai senti comme un courant d'air. Quelque chose m'a effleuré les cheveux juste avant que j'entende un bruit terrible et des éclats de pierre ont frôlé mes chevilles. J'ai enfin ouvert les yeux.

Une énorme ardoise provenant du toit de la bibliothèque reposait à mes pieds. Celle-ci était tombée entre Larocque et moi, à l'endroit même où se trouvait ma tête une seconde plus tôt. J'ai senti fléchir mes genoux.

— Quelle insolence! Si je n'étais pas déjà morte, cela aurait suffi à blesser mon amour-propre, s'écria Mlle Petitpas dont les traits se dessinèrent au-dessus de la tuile brisée.

— Cette fois, c'en est trop! hurla le bibliothécaire. Des plaisantins! Si vous n'étiez pas avec moi, les enfants, je vous soupçonnerais d'être les auteurs de ce méfait.

Un bruit inaudible m'ayant échappé, Mlle Petitpas leva la tête et me regarda. Ses yeux de fantôme écarquillés, elle s'est écriée:

— Des plaisantins! J'aurai tout entendu! *Des assassins!*

Le vieux Gratton qui se trouvait à une demi-rue de là accourut voir si nous étions sains et saufs.

— C'te sacrée pierre aurait pu vous tuer! Ça va, Nickie? Hugo?

Il nous observa à la façon d'un médecin.

— Personne ne vous a demandé votre avis à ce que je sache! hurla le bibliothécaire.

Comme toujours, Gratton l'ignora. Nous avions subi quelques éraflures aux chevilles, mais rien de grave. Gratton regardait la tuile en se grattant le menton quand il aperçut les traits imparfaits du fantôme indigné. Mlle Petitpas était tellement perturbée qu'elle en avait oublié de disparaître. Gratton, de ses mains noueuses, s'empressa d'enlever son chapeau et d'arranger ses cheveux.

— Tiens! mam'selle Petitpas! dit doucement le vieil homme. C'est bien vous! Toujours aussi charmante. La mort a pas affecté votre beauté, ça c'est sûr.

— Ce n'est pas le temps de plaisanter, dit-elle sèchement. Ces enfants sont en danger.

— Ne vous mêlez pas de ça! intervint Larocque, oubliant qu'il ne croyait pas aux fantômes.

— Vous avez raison, répliqua Gratton à Mlle Petitpas. Comment c'est arrivé?

— Pas comment, mais qui? précisa-t-elle avec un grand geste avant de disparaître.

— Tu ferais mieux de rentrer chez toi, me dit Hugo.

— Rentrer chez moi? Je ne vais nulle part toute seule. J'ai presque rejoint le monde des fantômes, tu te rends compte! Je ne me sens vraiment pas bien.

— Écartez-vous, les enfants, dit alors Gratton. Monsieur Larocque, nous ferions mieux de j'ter un coup d'œil au toit, bien que j'ai idée que Mlle Petitpas y sera avant nous.

— De quel droit examineriez-vous le toit? ronchonna Larocque qui se sentait dépassé par les événements. Et d'abord, qui est Mlle Petitpas?

— Voyons! Voyons! répondit calmement Gratton en passant par-dessus la tuile brisée pour aller dans la bibliothèque. Montez pas sur vos grands chevaux. Des toits, j'en ai vus, en veux-tu, en v'là. J'suppose que vous avez jamais passé beaucoup de temps là-haut vous-même?

Larocque protesta avec moins de véhémence quand il réalisa ce que le vieux Gratton avait l'intention de faire.

— Le toit est dangereux, ajouta-t-il, moins agressif.

Le vieux l'ignora, pénétra dans la bibliothèque et réapparut au bout d'un moment, muni d'une échelle coulissante.

— La bibliothèque au grand complet est un endroit sinistré, précisa l'araignée.

— J'prendrai pas de risques, répondit le clochard en souriant. J'ai pas l'intention de m'promener dans l'au-delà tout de suite.

Il cligna de l'œil, du bon, allongea l'échelle à sa pleine grandeur et l'appuya solidement contre les ardoises de l'étage, bien au-dessus du toit.

— Prends soin de ça, veux-tu? dit-il en me tendant sa pipe. T'nez-vous loin.

— Mais pourquoi faites-vous tout cela? rouspéta Larocque.

Gratton entreprit son ascension.

— On ne peut pas réparer un toit sans outils, cria l'araignée.

Je m'étais trompée quand j'avais cru avoir peur un peu plus tôt. Lorsque j'ai vu le vieil homme devenir de plus en plus petit à mesure qu'il grimpait, puis marcher sur ce vieux toit d'ardoises, j'ai été terrifiée. Les genoux bien fléchis, il s'avançait doucement vers la brèche sur le toit. Du grès tomba sur le perron.

— Ça ira, tu verras, dit Hugo dans un souffle.

Il me prit par la main pour que j'aie quelque chose à serrer. «Un faux mouvement...», me disais-je, mais il valait mieux ne pas y penser.

Le toit était à pic. Je n'arrivais pas à voir comment le vieil homme pouvait prendre pied. Qu'arriverait-il si une autre tuile se détachait? Et s'il perdait l'équilibre? D'abord, comment faisait-il pour se tenir debout là-dessus? Lentement, prudemment, Gratton avançait. Je retenais mon souffle. Sur les tuiles effritées, le soleil projetait une ombre inquiétante derrière le vieil homme.

Arrivé à la brèche, il s'est accroupi pour examiner le toit, puis il a mis quelque chose dans sa poche. Après un moment, il s'est relevé et est revenu vers l'échelle. Il est enfin descendu. J'ai alors lâché la main de Hugo dont les doigts étaient bleus tellement j'avais serré fort.

— Et alors? a demandé Larocque sèchement.

— Les autres tuiles me semblent en bon état.

— Oh! Qu'avez-vous mis dans votre poche?

Gratton fouilla dans sa grosse poche de pantalon et en sortit un éclat d'ardoise. Il fronça les sourcils.

— Ç'aurait pu devenir lâche pendant une tempête, réfléchit-il tout haut. Le claquement de porte l'aura fait tomber. P't-être bien!

— Bien sûr, dit Larocque, voilà ce qui est arrivé.

— P't-être.

— Que voulez-vous dire, peut-être? Qu'est-ce qui aurait pu se produire d'autre?

Gratton retourna le morceau d'ardoise sur lequel on pouvait voir deux rayures.

— Un pied-de-biche laisse des marques comme celles-là.

Le rire de Larocque retentit, méprisant.

— Vous êtes aussi cinglé que ces gamins. Les vieux édifices finissent tous par se détériorer. Vous êtes tous dérangés.

— P't-être, dit le vieux tout en reprenant sa pipe. P't-être!

Puis il nous lança un clin d'œil, remit le morceau d'ardoise dans sa poche et partit à la recherche de tabac.

13

— **N**ous devons agir, dit Mlle Petitpas le jour suivant, le meurtrier est à nos trousses!

Seule son oreille gauche était visible. Je ne l'avais jamais vue aussi bouleversée ou plutôt si peu vue. Hugo et moi époussetions à l'étage. La lumière blafarde qui pénétrait par la fenêtre laissait deviner un ciel nuageux.

Larocque s'était enfermé, clés incluses, dans son bureau. Même s'il était sur le point de craquer, il ne se séparait jamais de ses clés. Un doigt de la main droite du fantôme apparut. De la façon dont se déplaçaient l'oreille et le doigt, je savais qu'elle faisait les cent pas, agitée, levant les bras au ciel en signe de désespoir. Elle m'énervait à la fin.

— Comment? Mais comment le meurtrier a-t-il su que nous enquêtions sur lui? s'écria-t-elle.

Le silence nous enveloppa. Mentalement, j'ai remercié Hugo de ne pas me trahir, puis j'ai pris une grande respiration:

— C'est moi qui l'ai dit à Jean, ai-je avoué tranquillement.

Puis les mots se sont précipités dans ma gorge:

— Mais Jean ne peut pas être le meurtrier. C'est mon meilleur ami à Val-Robert. Il ne pourrait jamais faire une chose pareille.

Je me suis tue, à la fois honteuse et effrayée. Si Jean était l'assassin, alors la Terre entière était un lieu infect où je ne voulais pas avoir affaire.

— Je ne crois pas non plus que ce soit Jean, dit gentiment Mlle Petitpas. Mais il peut en avoir parlé à quelqu'un d'autre. Les nouvelles vont vite ici.

Elle recommença à se promener de long en large.

— C'est du passé maintenant. Aucun secret ne dure éternellement d'ailleurs; tout finit toujours par se savoir. Mais, parce que le meurtrier sait maintenant que nous le recherchons, vous êtes en danger. Nous devons faire quelque chose!

— Nous allons entrer par la fenêtre de la cave, proposa Hugo, et nous examinerons le contenu de la boîte.

— C'est trop risqué. Qui sait ce que fera le meurtrier la prochaine fois? déclara le fantôme.

— Vous croyez que le meurtrier a lâché la tuile du toit en sachant qu'elle tomberait au premier claquement de porte? ai-je demandé.

— J'en suis certaine, répliqua le fantôme.

— Alors nous pouvons éliminer Larocque comme coupable, dit Hugo. Il n'aurait jamais couru un tel danger s'il avait su.

L'oreille s'immobilisa.

— Tu as raison, Hugo, tu es brillant. Vous êtes tous deux brillants. Biffez son nom de la liste.

Hugo fouilla dans ses poches jusqu'à ce qu'il trouve la liste et son bout de crayon. Il raya le nom du bibliothécaire.

— Qui reste-t-il à présent?

Hugo lut à haute voix:

— Mlle Roy, qui a tenté de s'introduire secrètement à la cave; Jean Gagnon, suivi d'un point d'interrogation; puis Tom Robert, entre parenthèses et suivi d'un point d'interrogation.

— Mais c'est terrible! dit l'oreille. Il ne reste pas suffisamment de suspects. Je ne crois pas qu'aucun d'eux puisse être le coupable.

— Je n'ai pas vu Mlle Roy depuis un bon moment, dit Hugo.

— Tante Sara m'a dit qu'elle était malade, en fait, depuis la nuit du cambriolage.

— Je ne vois pas comment Mlle Roy aurait pu grimper sur un toit et lâcher une tuile, déclara Mlle Petitpas, surtout si elle est malade.

— Tante Sara n'a pas dit qu'elle était malade, ai-je précisé après quelques secondes de réflexion, elle a plutôt dit qu'elle avait pris le lit.

— Oh! C'est différent! Elle se cache peut-être tout au plus.

Cette hypothèse nous fit tous réfléchir. L'oreille de Mlle Petitpas disparut tandis que son nez se matérialisait; celui-ci se plissa et commença à se promener de long en large. Sa jupe apparaissait par morceaux.

— Je n'aurais jamais dû vous entraîner dans pareille aventure, dit le fantôme brusquement. Il pourrait vous arriver malheur, vous êtes vivants, vous autres!

— N'oubliez pas que nous travaillions déjà ici, fit remarquer Hugo. Nous aurions été impliqués de toute manière.

Le fantôme ne semblait pas réconforté pour autant.

— Si seulement j'avais encore mes lunettes! Oh! Il nous faut de l'aide.

— Pourquoi ne demandons-nous pas au vieux Gratton de nous aider? ai-je alors suggéré.

— Pas question! dit Mlle Petitpas

Sur ce, elle commença à arranger nerveusement sa jupe. Si elle n'avait pas été morte, j'aurais parié que son nez rougissait. Je trouvais mystérieux l'acharnement avec lequel Mlle Petitpas refusait de parler à Gratton. Lui n'attendait que ça. Mais elle continua à tourner en rond comme si je n'avais pas mentionné le nom du vieux.

— Je n'aimerais pas du tout que vous deveniez des fantômes par ma faute. Quoique la vie de fantôme n'est pas si terrible. Nous devrions peut-être cesser l'enquête.

— Cesser l'enquête?

Pour la première fois, Hugo avait élevé le ton.

— Nous ne pouvons pas laisser tomber maintenant. Ceci est probablement le meilleur mystère de tout le pays. On est tellement près de le résoudre.

Je devinais qu'il voyait déjà la laveuse automatique dans son esprit.

— De plus, ajouta-t-il, le meurtrier ne saura pas qu'il est sauf même si nous interrompons l'enquête. Il continuera sans doute à nous poursuivre, car il ne sait pas ce que nous avons découvert à son sujet. Nous devons le démasquer d'abord.

Le nez de Mlle Petitpas s'immobilisa tout près de Hugo pendant quelques instants.

— Tu as raison, décida-t-elle. Terminons ce que nous avons commencé. Venez ce soir et vous vous faufilerez par la fenêtre.

Nous étions encore en train d'élaborer des plans quand un grondement nous annonça l'arrivée de la Ford. Puis un murmure de voix nous parvint du rez-de-chaussée.

— Q...quelle honte! dit une voix pompeuse. Un s...si bel édifice se d...délabrer d...de la sorte!

Silencieusement, nous nous sommes dirigés aussitôt en haut des marches pour écouter et Hugo a commencé à prendre des notes. La voix de Mme Lebeuf, toujours atteinte de bégaiement depuis la visite de Mlle Petitpas, nous parvenait aisément. La chute de la tuile semblait la cause de son emportement. «Mais pourquoi s'énerver ainsi? Elle ne l'avait pas reçue sur la tête, tout de même!»

— Mesdames, disait Tom Robert, le fait est que l'endroit est dangereux. Des enfants travaillent ici, des femmes fréquentent la bibliothèque chaque jour. Nous devons penser à leur sécurité d'abord.

— Très bien, très bien!

— Bravo!

Les dames de la Société philanthropique ont applaudi Tom.

— Vous p...placez les habitants de V...Val-Robert d'abord, T...Tom, tout comme votre p...père avant vous. V...vous êtes un j...jeune homme bien.

— Merci, madame Lebeuf.

— J'avais moi-même la p...prémonition d'un désastre. J'ai un certain t...talent pour le surnaturel, vous s...avez. Si seulement j...je m'étais écoutée et si j'avais averti M. Larocque!

— Oui! Oui!

— Comme vous dites vrai!

— La question est maintenant de savoir si nous devrions laisser la bibliothèque ouverte? a repris Tom. La fermer maintenant permettrait peut-être d'éviter beaucoup d'accidents. Les livres et les documents pourraient être mis en dépôt jusqu'à des jours plus heureux, jusqu'à ce que nous puissions construire une nouvelle bibliothèque par exemple.

— Après t...tout le t...travail que nous avons f...fait? Après t...tout l'argent que nous avons d...dépensé? Fermer la b...bibliothèque?

Il y eut un murmure d'indignation.

— Les femmes et les enfants, madame Lebeuf. Pensez-y! À Nickie et à Hugo aussi.

— J...je vais y réfléchir, dit la dame, l'air guindé.

Cela me réconfortait de savoir que Tom s'inquiétait pour nous. Larocque accompagna alors ses invités jusqu'à la porte et mit fin à notre conversation en montant l'escalier d'un pas lourd pour venir classer des livres. Le nez de Mlle Petitpas se plissa légèrement comme si l'odeur de Larocque la dérangeait, puis elle disparut.

— À ce soir! chuchota une voix.

14

Le ciel était nuageux et la nuit, obscure. Il faisait tellement noir sous les arbres à côté de la bibliothèque qu'on pouvait à peine distinguer le mur, sans parler de la minuscule fenêtre du sous-sol. Nous avions une lampe de poche, mais je préférais ne pas l'utiliser dehors. À l'aide d'un bout de bois que j'avais ramassé, j'ai frappé doucement à la base du mur.

«Toc, toc». Mon bâton heurta le mur au-delà de la couche de lierre et de mauvaises herbes. J'avais l'impression que des ombres s'avançaient vers nous.

«Tic, toc...» et puis soudain «clac!», le bruit du bois frappant du verre.

Après avoir dégagé la vitre que recouvraient les tiges épaisses du lierre, Hugo m'a aidée à pousser. Rien! Mlle Petitpas avait pourtant promis qu'elle soulèverait le loquet pour nous. Que se passait-il? J'ai poussé à nouveau, plus fort cette fois. La fenêtre s'est ouverte dans un grincement. Elle était fermée depuis trop longtemps, voilà tout.

— Tu ferais mieux de passer le premier, ai-je murmuré à Hugo.

Il m'a regardée, le front plissé, puis il a glissé ses pieds dans l'étroite ouverture.

— Pas comme ça. Allonge-toi sur le ventre, je vais te tenir les mains.

Il s'est retourné sans discuter et s'est glissé dans la fente noire. On aurait dit que les ténèbres l'engloutissaient. Il est resté pris à la hauteur des épaules, mais à force de tortillements, il a réussi à se dégager. Il se trouvait maintenant pendu au bout de mes bras. Je me suis avancée aussi loin que j'ai pu avant de le lâcher: une petite avalanche de boîtes m'indiqua qu'il avait atterri.

— Ça va? dis-je dans un sifflement.

— Oui.

Je me suis glissée dans l'ouverture à mon tour, j'ai remis le lierre en place, puis après être restée suspendue un moment au rebord de la fenêtre, j'ai sauté. J'ai alors allumé ma lampe de poche.

— Il était temps! s'exclama Mlle Petitpas.

Je n'arrivais pas du tout à la voir. Elle devait être trop excitée pour se matérialiser. Sa voix retentit à l'autre bout du sous-sol:

— J'ai trouvé la boîte « Dons 1985».

La lampe de poche créait une lueur mystérieuse sur cette boîte, de sorte que le reste de la cave paraissait encore plus sombre.

Nous l'avons transportée, intacte depuis notre dernière fouille, au centre de la pièce pour l'examiner en toute liberté. Après avoir essuyé nos mains sur nos *jeans*, Hugo et moi avons entrepris de la vider de son contenu.

Mes mains tremblaient. Mon cœur battait à tout rompre. Cette boîte contenait l'indice qui nous dévoilerait l'identité du meurtrier!

— Vérifiez tous les documents un à un, chuchota le fantôme. Soyez vigilants.

Puisqu'elle n'arrivait pas à nous laisser tranquilles, elle fut chargée de tenir la lampe de poche.

J'ai soulevé *Guerre et paix*, un livre tellement lourd que je devais le tenir à deux mains pour ne pas qu'il m'échappe. Hugo a sorti *Alice au pays des merveilles*.

— Secouez-les, afin de vous assurer que rien n'est caché entre les pages, ordonna le fantôme.

Les livres, tournés dans tous les sens et secoués, et les pages feuilletées, ne dévoilèrent que quelques fleurs pressées et une mouche écrasée. La boîte contenait d'autres volumes et des tas de feuilles détachées: des piles de papiers jaunis aux coins abîmés.

— Lisez le titre de chaque document à voix haute, intima Mlle Petitpas.

J'ai ouvert la bouche, mais ne pus émettre qu'un croassement. Hugo commença donc à lire.

— Certificat de baptême, Georges-Hubert Robert, 1910... Certificat de mariage, Georges-Hubert Robert et Annabelle Marion Beauchemin, 1937... Certificat de décès, Annabelle Beauchemin Robert, 1963...

Nous avons passé tous les documents en revue. Diverses photos en brun et blanc se trouvaient parmi ceux-ci: celle d'un vieil homme à la forte carrure accompagné d'une vieille dame aux cheveux gris, une autre d'un cheval et d'un boghei, puis une dernière de la vieille résidence Robert, perchée sur la colline.

— Tiens! Cette boîte doit contenir les papiers personnels de Georges Robert, le père de Tom, dit Mlle Petitpas dans un souffle. Il doit avoir donné l'ordre que tous ses papiers soient envoyés ici juste avant sa mort. Il est décédé peu après mon arrivée. Continue, Hugo!

Le carton contenait un accessit décerné par l'école du dimanche au nom de Georges Robert ainsi que tous ses diplômes, tous les documents concernant la constitution en société de l'Horlogerie, également, et des notes de prêts hypothécaires sur presque toutes les propriétés de Val-Robert.

— Celle-ci concerne la pharmacie Gagnon, ai-je murmuré.

— Tout le monde ici doit avoir acheté sa propriété aux Robert à un moment ou à un autre, réfléchit le fantôme. Je me demande si Tom reçoit encore des paiements.

Des factures pour des commandes d'horloges qui n'avaient jamais été effectuées se trouvaient parmi ces papiers et de grands livres de comptabilité indiquant l'argent gagné et dépensé à l'Horlogerie.

— Oh, mon Dieu! s'exclama Mlle Petitpas. Tout ceci est tellement compliqué. S'il y avait quelque anomalie que ce soit ici, je serais bien incapable de la déceler. Qu'y a-t-il d'autre?

Il y avait un exemplaire du *Testament de Georges Robert*, datée du 2 janvier 1982, dans lequel il léguait l'Horlogerie et tous ses biens à Tom, son fils unique.

— Cela me semble correct.

Puis j'ai soulevé un paquet de lettres attachées avec de la ficelle rouge. Après en avoir ouvert une, j'ai lu:

— *M. Georges Robert, le 15 avril 1950*. Puis j'ai vérifié la signature: *Bien vôtre, Henriette Roy*.

Henriette?

— Mlle Roy! avons-nous crié en même temps, étonnés.

— Que dit la lettre? voulut savoir le fantôme, excité.

J'ai donc lu:

— *Vous trouverez ci-joint un chèque correspondant au dernier paiement que je vous dois. J'ai maintenant acquitté ma dette. Je ne pourrai jamais vous* remercier assez d'avoir gardé le secret. *J'ai été tellement stupide de prendre l'argent.*

— Prendre l'argent? répéta Hugo. Est-ce que vous croyez...
— Continue! l'interrompit Mlle Petitpas.

—Pourtant, j'aimais mon travail à l'Horlogerie. Je n'arrive pas à comprendre ce qui m'a poussée à prendre l'argent du tiroir-caisse.

Peut-être parce qu'il fallait que je remette toutes mes paies à mon père. Je ne pouvais rien dépenser sans lui demander chaque sou, même s'il était riche. Tout comme il m'obligeait à travailler, d'ailleurs. C'est pénible quand on a vingt-trois ans. Et dire que je croyais que vous ne vous rendriez pas compte du délit. Quelle naïveté!

Merci pour votre bonté et votre silence. Je n'aurais jamais pu rester dans cette ville si quelqu'un avait su au sujet du vol.

— Un vol! s'exclama Hugo.
— Une dame de la Société philanthropique qui vole de l'argent! déclara Mlle Petitpas. Avant qu'elle ne soit membre, je suppose.
— Mais cela fait tellement longtemps, ai-je affirmé. Elle a remboursé sa dette en 1950.

Elle a dû payer M. Robert par versements, ai-je supposé en feuilletant les autres lettres.

— Peu importe, expliqua Mlle Petitpas. À Val-Robert, un scandale comme celui-ci aurait ruiné Mlle Roy, encore aujourd'hui d'ailleurs.

Mlle Petitpas semblait ravie. Hugo avait l'air tellement content qu'il souriait presque. J'ai déterré ce qui restait au fond de la boîte, une pile de vieux magazines, pour les feuilleter rapidement.

— Rien d'autre, dis-je tristement.

— Mais ne comprends-tu pas, Nickie? chuchota Hugo. Mlle Roy doit être la meurtrière. Elle aura tué Mlle Petitpas pour l'empêcher de trouver ces lettres. Ce doit être elle aussi qui est entrée par effraction afin de les récupérer.

— Elle devait sauvegarder sa réputation à tout prix, acquiesça Mlle Petitpas.

Je me suis mise à replacer les livres dans la boîte en silence. Pourquoi n'étais-je pas enthousiaste? J'ai lancé les magazines sur les livres, puis j'ai jeté les lettres, les photos et les certificats par-dessus. Je n'aurais pas su dire pourquoi, mais je ressentais une sorte de malaise. J'aurais dû me réjouir: nous savions maintenant qui avait commis le meurtre, non?

Oui ou non?

Et si nous accusions la mauvaise personne? Qu'arriverait-il à Mlle Roy si elle était, en fait, innocente?

Je me mordillais les lèvres, pensive, tandis que Hugo et Mlle Petitpas bavardaient à toute allure. Tout à coup, il y eut un grincement à l'autre bout de la cave. La fenêtre! Quelqu'un était en train d'ouvrir la fenêtre! Soudain, une lumière vacilla. Je me suis retournée juste à temps pour voir une main jeter quelque chose, puis disparaître aussitôt. La main avait jeté du papier journal et ce papier était en feu. Celui-ci roula à côté d'une boîte de magazines et s'arrêta près d'une caisse remplie de vieux livres. Les langues de feu orange se sont mises à lécher les vieilles boîtes qui se sont allumées comme de la paille. Des livres et des magazines desséchés ont pris feu et les flammes se sont répandues. Tout cela dans l'espace de quelques secondes! Des doigts de feu jaillissaient maintenant tout autour de la fenêtre. Avant même que nous puissions penser ou agir, notre seule issue était bloquée. La fumée se dirigeait vers nous le long du plafond.

Espérant que, pour une fois, Larocque ait oublié de verrouiller la porte, je me suis précipitée vers l'escalier. Pas de chance! Abasourdie, je suis redescendue en chancelant. Les flammes s'élevaient maintenant comme des êtres affamés vers d'autres boîtes. Trop vite, tout allait beaucoup trop vite! Impossible de fuir. Nous étions pris au piège! Cernés par les flammes! Nous allions mourir brûlés!!

La fumée me picotait les yeux; les larmes coulaient sur mes joues.

— Baissez-vous, car la fumée monte, cria Mlle Petitpas en s'apercevant que Hugo et moi commencions à tousser.

Hugo me tira au sol. Je me sentis un peu mieux. Le crépitement des flammes retentissait dans la cave remplie d'un voile de fumée. Pris comme des rats dans une grange en feu! Nous cherchions tous frénétiquement quelque chose pour combattre l'incendie, mais il n'y avait ni eau ni sable. Cinq boîtes étaient maintenant la proie des flammes et le feu couvait sous trois autres. Des gouttes de sueur perlaient sur ma poitrine. La chaleur me claquait au visage. Ce n'était pas juste; je ne voulais pas mourir.

— Mes vêtements! cria le fantôme. Où sont mes vêtements?

«Non, mais quel moment pour penser à ses vêtements!», me dis-je. Mais Hugo se rendit à tâtons jusqu'à deux grosses boîtes en carton et en ouvrit le couvercle. Il revint en titubant, incommodé par la chaleur. Je l'ai tiré par le bras vers le plancher. Blouses et chandails volaient dans l'air enfumé.

— Éloignez-vous! s'écria le fantôme.

Un lourd manteau s'envola de la boîte et atterrit sur les flammes, puis une jupe en tissu épais et une mante. Mlle Petitpas, silhouette mouvante dans la fumée, ombre dans le brouillard, s'attaquait aux flammes, les étouffant avec ses vêtements. Aucun être vivant n'aurait pu le faire: debout au milieu de l'incendie, elle combattait le feu comme dix. La fumée m'écorchait la gorge comme du papier émeri et me brûlait les yeux comme de l'acide. Ça devenait intolérable! «Même Mlle Petitpas ne peut nous sauver!», ai-je pensé. Le voile de fumée descendait sur nous... Un cri s'éleva dans ma poitrine, mais s'étouffa dans ma gorge torturée. Plus d'air! Il n'y avait plus d'air. Je suffoquais. Puis un changement s'est produit. La lumière blafarde a disparu tandis que la chaleur ardente diminuait.

Les dernières braises recouvertes d'un manteau se sont éteintes. Mlle Petitpas avait réussi: de la fumée montait encore des débris, mais les flammes étaient étouffées. Une obscurité suffocante nous enveloppa.

— Dépêchez-vous maintenant! dit une voix près de ma joue.

Un fourmillement dans le bras me tira en avant. Notre respiration devenue de plus en plus difficile dans l'air âcre de la cave, toussant sans arrêt, Hugo et moi avons atteint la fenêtre en titubant et Mlle Petitpas nous a fait la courte échelle. Puis, après avoir traversé un nuage de fumée, nous avons couru, avalant goulûment l'air frais et propre, jusqu'aux buissons où nous nous sommes effondrés, épuisés.

— Au feu! Au feu!

Des voix résonnèrent dans la nuit. La cloche de l'église retentit. Des volutes de fumée qui s'élevaient dans le ciel au-dessus de la bibliothèque dirigèrent les chercheurs. Le vieux camion de pompiers s'arrêta dans un crissement de pneus. Le chef des pompiers sortit prestement, suivi de ses hommes, le pantalon à moitié boutonné par-dessus le pyjama. Ils tirèrent un boyau sur la pelouse derrière une mince silhouette qui les conduisit jusqu'à la fenêtre.

— Je me promenais quand j'ai cru sentir une odeur de fumée, dit le promeneur.

Il courut alors dans le rayon de lumière projeté par la lampe de poche du chef des pompiers: Jean Gagnon.

«Pas Jean. De grâce, faites que ce ne soit pas Jean», me dis-je. Mais que faisait-il près de la bibliothèque à cette heure? Avait-il mis le feu pour ensuite avertir lui-même les pompiers. Personne ne soupçonnerait jamais celui qui donne l'alarme. Pourtant, si Mlle Petitpas n'avait pas été là, ils seraient arrivés trop tard pour nous secourir. Et trop tard aussi pour sauver les documents conservés au sous-sol. Jean était-il le meurtrier? Essayait-il de détruire les preuves concernant l'hypothèque sur la pharmacie Gagnon.

Le feu était presque éteint, mais les pompiers arrosèrent de toute façon.

— Inflammation spontanée, je suppose, dit le chef des pompiers.

— Si nous n'arrosons pas, cela risque de recommencer, précisa un de ses hommes.

— Je me demande bien comment le feu s'est éteint?

— Pas suffisamment d'air pour l'entretenir avec la petite fenêtre comme seule ouverture, je présume.

Personne ne nous remarqua, accroupis dans les buissons.

S'il restait encore des indices à la cave, les dommages causés par le feu, la fumée et l'eau nous empêcheraient de lire quoi que ce soit à présent.

Le meurtrier avait fait du bon travail. À une exception près: nous étions encore en vie. Je ne pouvais m'arrêter de trembler et de me répéter: «Nous sommes encore en vie.»

Mais qui avait essayé de nous tuer? Mlle Roy? Ou Jean Gagnon?

15

Le feu avait certes eu pour effet d'attirer tous les curieux de la ville. Des gens qui n'avaient jamais mis le nez dans une bibliothèque auparavant se présentèrent le jour suivant pour commérer et fouiner. Ils feuilletèrent des livres aussi invraisemblables que *Modes d'accouplement de la mouche tsétsé*. Ils se remémorèrent l'incendie spectaculaire de 1962 qui avait emporté Esmerelda Rolf et son canari. Le vieux Gratton, apparemment endormi, observait tous les visiteurs. Je m'en suis rendu compte au clin d'œil qu'il m'a fait au beau milieu d'un ronflement.

Après avoir jeté un coup d'œil au soussol, Larocque s'est enfermé dans son bureau... oubliant de verrouiller la porte de la cave.

Mlle Petitpas, à moitié visible, se tenait parmi les cendres humides et les boîtes détériorées. Ce jour-là, seule la partie inférieure de son corps était visible: sa jupe, ses chevilles et ses chaussures erraient parmi les débris. Hugo cherchait la boîte «Dons 1985» afin de vérifier si l'on pouvait récupérer quoi que ce soit tandis que les souliers remuaient sans arrêt. Tous les cartons se trouvaient dans un état lamentable, mais nous savions que la boîte que nous cherchions était dans l'amas détrempé situé au centre de la pièce. De plus, nous avons découvert l'étiquette de plastique «Dons 1985» sous un morceau de carton détrempé: aucune erreur possible. Les lettres et les documents étaient sales; l'encre avait bavé sur le papier. Impossible de lire un seul mot.

— Au moins, les livres sont en bon état, soupira le fantôme.

Grâce aux magazines qui les couvraient, ils n'avaient pas subi autant de dommages que le reste.

— Mais ça ne change pas grand-chose. Ce dont on a besoin, c'est une des lettres que Mlle Roy a écrites, déclara alors le fantôme.

— Mais pourquoi? ai-je demandé. Nous savons ce qu'elles contenaient, ces lettres.

— Comment pouvons-nous confronter Mlle Roy sans elles, demanda Mlle Petitpas d'un ton dramatique.

— Confronter Mlle Roy?

Une vision de l'épisode qui s'était produit chez Mme Lebeuf me traversa l'esprit.

— Évidemment! Pour lui montrer que nous connaissons toute la vérité. Et l'accuser! Je suppose que nous devrons l'effrayer pour obtenir la vérité à présent puisqu'il n'y a plus de preuves. On dirait plutôt une pile de tissus-mouchoirs usagés.

— Pas tout à fait, dit Hugo.

— Oh?

Hugo sortit une lettre froissée de sa poche. Il l'avait mise là sans s'en rendre compte pendant l'incendie.

— Splendide! se réjouit Mlle Petitpas. Nous y allons immédiatement.

Un sourire éblouissant apparut.

Mes nerfs devenaient de plus en plus tendus.

— Mais nous ne pouvons pas quitter la bibliothèque maintenant.

— Alors, nous irons à l'heure du dîner! décida-t-elle.

Hugo acquiesça. J'étais vaincue.

Mlle Petitpas décida d'utiliser son écharpe pourpre, bien qu'à moitié brûlée, afin de l'aider à confronter la vieille fille. Elle me demanda de l'apporter.

Ainsi, pendant l'heure du dîner, Hugo, le fantôme et moi avons pris le chemin de chez Mlle Roy.

Sa maison ressemblait à la résidence de pain d'épice de Mme Lebeuf, en version réduite. À travers les rideaux de cretonne pendus aux fenêtres, nous pouvions la voir qui époussetait joyeusement son salon.

Le fantôme m'enleva l'écharpe des mains et l'enroula autour de son cou invisible.

Dès qu'elle entendit la sonnerie, Mlle Roy tapota ses frisettes empesées et se dirigea vers le vestibule. Elle ouvrit enfin la porte.

— Eh bien, eh bien, les enfants! Que puis-je faire pour vous? demanda-t-elle de sa voix pointue.

— Nous avons quelques questions à vous poser, répondit Hugo. Pouvons-nous entrer?

— Certainement, certainement. Êtes-vous en train de faire une enquête quelconque? demanda-t-elle en nous faisant entrer.

Puis elle vit l'écharpe de Mlle Petitpas suspendue dans les airs; elle ricana nerveusement.

— Pas exactement, répondit Hugo.

Il ne savait plus très bien quoi dire ensuite; quant à moi, je regardais tout autour, souhaitant de tout cœur me trouver ailleurs. Toute cette histoire ne me disait rien qui vaille. Mlle Roy n'avait pas assez de courage pour tuer qui que ce soit ou même pour monter sur le toit de la bibliothèque. Enfin, elle ne me semblait pas brave du tout. Elle paraissait plutôt fragile et vieille. Mais les indices pointaient vers elle.

— Montre-lui la lettre, dit l'invisible Mlle Petitpas.

Mlle Roy se tourna vivement vers la porte fermée pour voir qui avait parlé et ricana de nouveau.

— Une lettre?

Hugo sortit la lettre froissée de sa poche et la déplia. Le visage de Mlle Roy blêmit. Elle tâta derrière elle à la recherche d'une chaise ouvragée et s'assit.

— Où avez-vous pris...? Je croyais que le feu...

— Vous croyiez que le feu avait détruit toutes les preuves de votre vol! s'écria Mlle Petitpas, triomphante.

Cette dernière se matérialisa petit à petit.

— Ou... oui...

Mlle Roy sortit son mouchoir de dentelle, les yeux rivés sur la lettre.

— Oh, oh, je suis perdue, gémit-elle. Je serai chassée de Val-Robert! Évincée de la Société! Ma vie est gâchée!

Les larmes coulaient sur ses joues, traçant des sillons dans sa poudre.

— Toutes ces années où j'ai cru être sauve. Et puis Georges a légué ses papiers à la bibliothèque. Je suis certaine qu'il avait oublié que les lettres s'y trouvaient. Au début, je ne craignais rien, puisque la bibliothèque était fermée. Puis on a décidé de la rouvrir. Comment pouvais-je m'y opposer, même en sachant que toutes les lettres seraient découvertes?

Elle se moucha.

— Alors vous avez essayé de vous introduire au sous-sol, poursuivit Mlle Petitpas.

— C'était inutile, évidemment. M. Larocque m'a surprise avant même que j'atteigne l'escalier.

— Puis vous avez pénétré dans la bibliothèque pendant la nuit en faisant croire qu'il s'agissait d'un cambriolage.

— Oui, oui, renifla Mlle Roy. C'était stupide, je le sais. Mais j'étais désespérée. Et puis M. Gratton a vu la lumière. J'ai dû m'enfuir sans avoir trouvé les lettres.

Mlle Roy, accablée de honte, parlait, le visage caché dans son mouchoir.

— C'était terrible. J'avais tellement peur d'être prise sur le fait. Mais je craignais encore plus que... que les lettres soient découvertes. Une erreur stupide, commise il y plus de quarante ans. Et j'ai tout remis l'argent, jusqu'au dernier cent. Hélas! qui me pardonnerait? Les gens n'oublient jamais ce genre de chose, dit-elle, un sanglot dans la voix. Sauf Georges Robert. Il n'en a jamais parlé à personne. La bonté même! Il savait que j'aurais perdu tous mes amis s'ils avaient su. Mais maintenant, tout le monde saura.

— Vous avez donc décidé de tuer à nouveau, tout comme vous l'avez fait il y a cinq ans pour m'empêcher de découvrir les lettres! jeta Mlle Petitpas.

— Quoi?

Mlle Roy releva la tête, les traits figés en une expression d'indignation. Elle vit alors Mlle Petitpas. Elle glapit et se couvrit les yeux de son mouchoir.

— Vous avez lâché une tuile du toit de la bibliothèque souhaitant qu'elle tombe sur ces enfants innocents!

— Non!

— Vous avez mis le feu au sous-sol croyant qu'ils ne pourraient s'échapper!

— Non, Non!

Mlle Roy découvrit alors un visage aussi pâle que la mort. Son maquillage était défait; elle avait les yeux écarquillés d'incrédulité.

— De quoi parlez-vous? Je ne sais rien de tout ce que vous venez de dire. Je le jure. Blesser les enfants? Quelle idée monstrueuse! Je ne voulais que les lettres, croyez-moi. Après avoir raté ma tentative de cambriolage, j'ai souffert de fatigue nerveuse. Je n'ai pas quitté le lit depuis des jours. J'admets que j'étais contente quand Mme Lebeuf m'a mise au courant du feu...

— Vous n'avez pas allumé l'incendie? demanda Mlle Petitpas, hésitante.

Mlle Roy, essayant de retrouver le peu de dignité qui lui restait, bomba le torse, se redressa, tapota ses lèvres bariolées de rouge:

— J'ai été entraînée à donner les premiers soins, déclara-t-elle, comme si cela prouvait son innocence. Et mon père appartenait au corps des sapeurs-pompiers.

— Vous ne m'avez pas frappée à la tête? s'enquit Mlle Petitpas.

— Vous frapper... bien sûr que non! Frapper...? Pourquoi vous? Vous êtes la dernière bibliothécaire! V...vous êtes morte!

Les yeux exorbités, la bouche béante, Mlle Roy ouvrit la bouche, mais le cri s'étrangla dans sa gorge. Tout son corps devint flasque et elle glissa lentement de sa chaise, évanouie.

— Je ne puis croire que nous nous sommes trompés, dit le fantôme en soupirant. Elle est innocente, car personne ne pourrait simuler un tel numéro. Biffez son nom de la liste.

Hugo déposa la lettre sur une table et sortit la liste de suspects. Mlle Petitpas plaça la lettre dans un cendrier et chercha une boîte d'allumettes.

— Terrible, n'est-ce pas? reprit-elle. Vivre dans la peur pendant quarante ans à cause d'une erreur de jeunesse!

Elle alluma la lettre. La flamme s'attaqua au papier, en grignota les bords et la transforma en une fleur orange et jaune. Quand il n'y eut plus que des cendres, le fantôme me pria d'écrire un message sur le bloc-notes de Mlle Roy: «Votre secret est sauf.»

Mlle Petitpas me remit l'écharpe et disparut.

Nous sommes partis, Hugo et moi, laissant Mlle Roy reprendre ses esprits seule.

Il ne restait plus que deux noms sur la liste de suspects: Tom Robert et Jean

Gagnon. Si nos déductions étaient bonnes, l'un d'eux était le meurtrier. Mais nous n'avions aucune idée comment découvrir lequel l'était.

À mi-chemin de la bibliothèque, le vieux Gratton nous a rejoints. Il faisait sa «marche de santé». Le vieil homme lorgnait sa pipe du bon œil tout en tassant le tabac brûlant avec son doigt.

— À vous voir, on croirait que vous avez des p'tits ennuis, dit-il lentement.

J'ai regardé Hugo qui me fixait des yeux. J'étais tentée de tout raconter au vieux Gratton en dépit de l'interdiction posée par Mlle Petitpas. J'avais son écharpe pourpre dans les mains et je savais que Gratton l'avait remarquée. Mais elle se tenait juste à mes côtés et elle nous avait fait promettre de ne rien dire au vieux.

— Tout va bien, monsieur Gratton. Merci!

Il souffla quelques anneaux de fumée.

— Vous savez où m'trouver si jamais la langue vous démange, nous dit-il en nous quittant.

Nous étions presque arrivés à la bibliothèque quand j'ai remarqué un papier blanc épinglé à la porte. C'était une pancarte sur laquelle on pouvait lire: «Réunion concernant la fermeture éventuelle de la bibliothèque, demain, 10 h 30, ici même. Par ordre de Mme Lebeuf, Présidente de la Société philanthropique des dames.»

16

— **S**'ils ferment la bibliothèque, nous ne percerons jamais le mystère, s'écria Hugo. Le meurtrier sera libre!

Et il n'y aurait pas de machine à laver automatique.

Non seulement ça. Le meurtrier abandonnerait-il l'idée de nous tuer maintenant que le sous-sol était démoli? Ou y aurait-il plus d'accidents encore sans Mlle Petitpas pour nous sauver?

L'ex-bibliothécaire ne donna aucun signe de vie après notre arrivée au travail le jour suivant. Le vieux Gratton se présenta dès l'ouverture et nous fit un clin d'œil, l'air grave. Larocque commença sa journée enfermé à double tour dans son bureau, puis il sembla reprendre du poil de la bête, sortit et grogna après nous.

— Autant nettoyer les dégâts, dit-il.

— Quels dégâts? ai-je demandé sans rien comprendre.

J'ai cru qu'il allait me tuer:

— Au sous-sol! hurla-t-il.

Munis de sacs à ordures, nous sommes descendus au sous-sol. Les murs et le plafond étaient noirs de fumée. Des tas de cendres humides et des papiers à moitié brûlés gisaient un peu partout. L'eau avait détruit la plupart des boîtes en carton et leur contenu s'étalait sur le plancher sale. Mlle Petitpas, que nous avions appelée à deux reprises, demeurait invisible. Nous avons donc commencé à jeter les papiers détrempés dans les sacs à ordures, mais, arrivés à la boîte 1985, nous avons hésité un moment.

— Nous pourrions peut-être étendre les certificats pour qu'ils sèchent, ai-je suggéré.

Quelque part, à Val-Robert, se promenait un tueur; quelque part, à la bibliothèque, se trouvait le seul indice nous permettant de l'identifier. Autrement, les «accidents» n'avaient plus aucun sens. Nous ne pouvions abandonner: nous devions essayer de séparer les papiers sales et humides.

— C'est inutile! lança une voix.

Mlle Petitpas tenta de se matérialiser, mais ne réussit qu'à ressembler à un bouchon de brume.

— Cornes de cerf! Je n'y arriverai donc jamais? s'écria-t-elle.

— Pourquoi est-ce inutile?

— Mlle Roy est la personne qui fouillait cette boîte pour récupérer les lettres envoyées à Georges Robert et elle n'est pas la meurtrière. L'indice qui inculpera le véritable meurtrier ne se trouve peut-être pas du tout dans celle-ci, conclut le fantôme.

— Moi, je crois que oui, dit alors Hugo.

— Tu crois?

Le bouchon de brume paraissait étonné.

— Pourquoi?

— Tout est une question de dates, expliqua Hugo en sortant son papier et son crayon.

Hugo ne s'expliqua pas aussitôt, car il les laissa tomber. En se penchant pour les ramasser, il perdit ses lunettes qu'il dut chercher à tâtons.

— Dates? lui rappela le fantôme.

Hugo récupéra ses verres et les remit sur son nez.

— Précisément. Il s'agit bien de la seule boîte datée 1985, n'est-ce pas?

— Oui.

— Si l'on vous a tuée pour que vous ne puissiez trouver l'indice accusateur en 1985, il doit encore se trouver dans celle-ci ou dans une autre précédemment entreposée.

— D'accord.

— Autrement, le meurtrier n'aurait eu aucune raison de vous tuer.

— Exact.

— Or, avant 1985, la bibliothèque était ouverte et l'indice accessible au bibliothécaire en tout temps.

— Vrai!

— Pourtant rien n'est arrivé à l'ancienne bibliothécaire et aucun accident ne s'est produit dans la bibliothèque pendant tout ce temps, n'est-ce pas?

— Non. Elle a pris sa retraite avant que j'arrive.

— Alors, on a dû apporter la boîte contenant l'indice en 1985, année de fermeture de la bibliothèque.

— Oh! Je vois. Brillant, Hugo.

— Et tu crois que l'indice s'y trouve toujours? lui ai-je demandé.

— Je le crois, répliqua Hugo, et je pense qu'on a allumé l'incendie justement pour le détruire. C'est par pur hasard que nous nous trouvions ici à ce moment-là.

— Nous reprenons donc du début: Dons 1985.

— Mais on ne peut plus rien lire tellement les papiers sont endommagés.

Effectivement, l'encre avait fait des bavures et des taches. Et peu importe le soin que nous mettions à séparer les feuilles, elles se déchiquetaient dans nos mains. Aucun espoir possible.

Le vieux Gratton apparut alors dans l'escalier:

— Les gens commencent à arriver pour la réunion. Mme Pasteur, M. Lejeune, M. Ledoux et toute la Société des dames est ici.

154

J'pensais q'vous aimeriez être mis au courant, dit-il.

Il enleva son chapeau en lambeaux à l'adresse de Mlle Petitpas et sourit. Celle-ci fit semblant de ne rien remarquer.

— 1985, murmura-t-il comme s'il se parlait à lui-même en regardant la boîte placée à nos pieds. L'année de la mort de M. Robert. Excellent homme quoique... un peu étrange.

Le bon œil de Gratton n'avait rien perdu de notre occupation tout en donnant l'impression de ne jamais poser le regard à un endroit précis.

— Généreux envers la ville et ses habitants, pour ça il l'était, mais y vivait misérablement. Y avait l'habitude d'écrire sa liste d'emplettes sur les feuilles de garde des livres, puis y oubliait dans quel livre. Dans ses vieux jours, y avait des moments d'absence. Y m'a envoyé trois cartes d'anniversaire une année. Mais Tom, lui, c'est tout un numéro! Rien qui cloche avec sa mémoire même si j'ai jamais reçu de carte de souhaits... Vous inquiétez pas mam'selle Petitpas, y a personne qui va fermer la bibliothèque si j'ai mon mot à dire là-d'dans.

Gratton leva un doigt noueux en signe de salut, remit sa pipe dans sa bouche et fila dans l'escalier.

Les traits brumeux empreints d'excitation, Mlle Petitpas s'écria:

— Les livres, Nickie! Les livres! Où sont-ils?

155

— Quels livres?

— Les livres de Georges Robert qui se trouvaient dans la boîte «Dons 1985».

Nous nous étions tellement préoccupés des lettres et des documents qu'il nous a fallu un moment avant de les trouver. Finalement, j'ai sorti *Alice au pays des merveilles* et les autres.

— Les voilà!

— Les feuilles de garde des livres, Nickie! Regarde les feuilles de garde! S'il y écrivait sa liste d'emplettes, il a peut-être écrit quelque chose d'autre, quelque chose d'important!

J'ai pris *Alice au pays des merveilles* avec des mains maladroites. L'eau y avait laissé des cernes, mais à l'intérieur, les pages étaient pratiquement sèches.

Gratton avait dit vrai. Au début et à la fin du livre, toutes les pages autrefois blanches étaient couvertes de caractères. J'ai commencé à lire tout haut:

Ainsi font font font, les petites mains habiles..., mais je n'ai pas pris la peine de terminer ce passage.

— Je ne crois pas qu'il s'agisse de notre indice.

J'ai tourné la page tandis que Hugo feuilletait *David Copperfield*:

—Deux kilos de fromage limbourg, un pot de cornichons, une douzaine de pommes sauvages, de la nourriture pour chat... lut-

il tout haut avant de passer à la page suivante.

J'ai lu à mon tour:

—*Réparer la gouttière de la tour ouest, désherber le carré de framboises, porter un pantalon long et des gants pour désherber. La dernière fois, tu as oublié.*

Hugo reprit, dans *David Copperfield*:

—*Est-ce qu'on pourrait utiliser d'autres chants d'oiseaux dans une pendule à coucou? Cela mérite réflexion. Demander l'opinion de Jean. Ce jeune homme connaît autant l'entreprise que moi quand j'avais le double de son âge. Il ferait un excellent directeur.*

La dernière page était couverte d'esquisses d'horloges, sans écriture. J'avais terminé mon livre. J'ai donc pris *Guerre et paix*, tandis que Hugo continuait sa lecture:

—*Les roses trémières sont plus belles cette année...*

— Hugo, l'ai-je appelé tout bas.

—*Je me demande si c'est à cause des feuilles de thé dont je les ai couvertes ce printemps. Je dois demander à Gratton. Il sait toujours tout au sujet de ce genre de choses.*

— Hugo, ai-je répété, la voix étranglée.

Il a remonté ses lunettes sur son nez et m'a regardé en clignant des yeux. Mlle Petitpas s'est alors rendu compte de ma nervosité et commença à disparaître petit à petit.

— Accouche, Nickie! dit-elle.

La voix chevrotante, j'ai commencé à lire:

—Testament de Georges Robert, le 15 mai 1984. Pendant des années, j'ai espéré que mon fils Tom en vienne à aimer Val-Robert et l'Horlogerie autant que moi. Malheureusement, cela ne s'est pas produit. Nous n'étions pas très amis, n'est-ce pas, mon fils? Tu as passé aussi peu de temps que possible avec moi. Tom, je suis désolé que les choses se soient passées ainsi. Peut-être t'ai-je trop gâté, te donnant tout de suite tout ce que tu désirais. Je te laisse donc le meilleur héritage qui soit: mon amour et uniquement mon amour. Travailler pour gagner ta vie t'apprendra peut-être les choses que je n'ai pas su t'enseigner. Bonne chance, mon fils!

À Jean Gagnon, qui a été comme un fils pour moi pendant toutes ces années, je lègue l'Horlogerie et toute ma fortune, afin de permettre le financement de ce précieux endroit. Jean, je sais que tu feras en sorte que l'entreprise soit florissante et que tu continueras de rendre Val-Robert une ville prospère où il fait bon vivre. Que Dieu te bénisse!

Non, je ne suis pas fou. Je jouis de toutes mes facultés. Par les présentes, tous les testaments précédents sont nuls.

J'ai bien cru entendre un petit bruit en haut de l'escalier pendant que je lisais, mais nous étions tous trop excités pour y prêter attention. Une fois ma lecture terminée, un silence absolu régna au sous-sol.

— L'autre testament, chuchota Mlle Petit-pas, quelle était la date de l'autre testament?

— Le 2 janvier 1982, répondit Hugo.

— Tom héritait de tout, n'est-ce pas?

— Oui.

— Un notaire y avait apposé sa signature, pas vrai?

— Oui.

— C'était le testament que tout le monde connaissait et qui instituait Tom comme léga-taire universel. Et personne n'était au courant de celui-ci?

— Exact.

— Mais Georges a rédigé celui-ci après. Or, le dernier testament est toujours celui qui compte. Donc, Jean devient le seul héritier de...

— Salut vous autres! lança une voix joyeuse.

Tom Robert descendait l'escalier, un sou-rire espiègle éclairant son beau visage.

— Comme j'étais en avance pour la réu-nion, j'ai pensé venir saluer mes joueurs de base-ball favoris.

J'ai refermé *Guerre et paix* d'un claquement qui a retenti dans la cave humide. Tom parut ne rien remarquer.

— Vous savez ce qui vous manque les enfants? Une promenade dans ma nouvelle Chrysler. Nous avons juste le temps de faire un petit tour avant la réunion. Venez!

— Ça ne me tente pas, ai-je murmuré.

— Ridicule! a dit Tom en riant.

Sa bonne humeur semblait remplir la cave. Il s'approcha de nous prestement. Pour la première fois, il sembla remarquer le livre que je tenais dans les mains.

— *Guerre et paix*, hein! dit-il avec un petit rire étouffé. Un bon livre. Apporte-le. Tiens, je vais t'aider.

Ses grosses mains se sont refermées sur le livre pour s'en emparer. Puis il l'a mis dans la grosse poche de son veston.

— Viens-t'en Hugo, appela-t-il.

Puis, en nous tenant chacun par un bras, il nous entraîna dans l'escalier. Mlle Petitpas s'est ressaisie au moment où nous atteignions le palier. Une douzaine de livres volèrent de chaque côté de la tête de Tom, mais, la vision de Mlle Petitpas n'étant pas très bonne, ils ont rebondi sur le mur sans l'atteindre. Il a franchi le seuil de la porte, nous tirant toujours à sa suite.

— Un jour magnifique pour une promenade, déclara-t-il, joyeux.

Son ton amical dominait nos protestations. Ses sourires dissimulaient notre panique grandissante. Il nous poussa dehors par la porte de derrière évitant ainsi tous les habitants de Val-Robert rassemblés sur le perron pour la réunion.

— Mlle Petitpas! ai-je hurlé, désespérée.

J'avais beau me tortiller de tous côtés dans l'espoir de me libérer, Tom riait comme s'il s'agissait d'un jeu et resserrait son étreinte. J'avais l'impression d'être enchaînée. Il nous entraîna ainsi dans la rue, tandis que les gens devant la bibliothèque parlaient et riaient.

— Au secours!

Quelques têtes se sont tournées vers nous.

— Les enfants! s'exclama M. Lejeune en souriant. Toujours en train de blaguer.

Tom nous lança sur la banquette arrière de sa voiture, puis d'un bond il prit place au volant et verrouilla la porte. La capote était remontée: nous étions pris au piège. Hugo et moi n'avions pas eu le temps de nous dégager que Tom avait déjà fait démarrer la voiture. Par la lunette arrière, j'ai aperçu le vieux Gratton à notre poursuite; une vague tache rouge se tenait dans les airs à ses côtés et Jean Gagnon suivait non loin derrière. Dans un grincement, Tom embraya et l'auto s'élança. Les pneus crissèrent sur la chaussée. La Chrysler fila à toute vitesse le long de la rue

Principale, puis s'engagea sur l'autoroute. J'avais beau essayer d'actionner le verrou de la portière, il restait bloqué. Tom ricana.

— *Guerre et paix*! s'exclama-t-il. Qui aurait cru? Papa m'avait mis au courant du nouveau testament, mais il avait omis de me dire où le trouver. J'imagine qu'il a oublié d'en parler à quiconque. Toutes ces années où j'ai tant cherché! J'ai dû fouiller cette boîte une centaine de fois.

— Tu t'es introduit dans la bibliothèque? demanda Hugo.

Tom rit.

— Il y a longtemps. La femme de ménage avait envoyé les papiers de mon père à la bibliothèque, selon ses instructions, avant que je puisse l'en empêcher. Il a fallu que je m'y introduise à l'insu de tous pour examiner la boîte. Mais personne ne m'a jamais surpris. Disons que les verrous n'ont plus beaucoup de secrets pour moi. Je n'ai pas découvert le nouveau testament pourtant. Je n'ai jamais pensé à le chercher dans un livre. Tu t'es trompé quand tu l'as écrit là-dedans, n'est-ce pas, mon vieux Papa? Personne ne l'a trouvé. Évidemment, j'étais le seul à en connaître l'existence.

J'ai enfin réussi à déverrouiller la porte. Les arbres ne faisaient plus qu'une tache verte et le vent sifflait par la glace de l'auto.

— Allez Nickie! Saute! s'écria Tom. Tu ne sentiras rien à cette vitesse. Puis cela m'évitera des ennuis que tu en finisses ainsi, de toi-même.

Les larmes coulaient sur mes joues malgré moi.

Tom s'esclaffa encore:

— Un accident! Voilà la solution. Tom Robert, un jeune homme des environs, sera miraculeusement projeté hors du véhicule. J'ai fait le plein ce matin. L'explosion devrait se voir jusqu'à la ville.

— Tu as tué Mlle Petitpas, n'est-ce pas? dit Hugo. Et tu as lâché la tuile du toit et allumé l'incendie?

— Une petite bosse sur la tête! Je ne pensais pas que cette toquée de bibliothécaire allait en mourir. Je ne voulais que l'effrayer pour l'empêcher de fouiner dans la cave. Je craignais qu'elle découvre le testament avant moi. La tuile devait vous effrayer aussi. Mais vous ne vouliez pas renoncer. Alors, pour me protéger, j'ai décidé de tout brûler à la cave. Par bonheur, vous vous y trouviez. Dommage que vous vous en soyez tirés. J'aurais dû mettre le feu il y des années. Je n'arrive pourtant pas à comprendre comment vous avez découvert le pot aux roses au sujet de la vieille fille de bibliothécaire.

— Elle nous l'a dit elle-même, répondit Hugo. Elle hante maintenant la bibliothèque.

Tom eut un petit rire.

— Bien sûr, petit, bien sûr. Tu es aussi cinglé que tous les autres dans ce trou perdu. Quel bled! Et dire que j'aurais pu être pris ici, sans le sou!

— Tu aurais pu aller chercher du travail ailleurs, répliqua Hugo.

— Quoi? Travailler pour gagner ma vie? Fiston, certains d'entre nous sont faits pour cela, d'autres pas. Je suis né pour être riche. Heureusement, je le suis. Et j'ai l'intention de le rester.

J'ai regardé alentour à l'affût d'une arme quelconque, d'une pierre, d'un magazine, de n'importe quoi. Mais si je frappais Tom, il perdrait le contrôle du véhicule et nous mourrions tous. Une ombre dans le rétroviseur attira mon attention. Je me suis retournée: une motocyclette s'approchait de nous à toute allure. Personne ne la conduisait, enfin personne qui fût visible, et le vieux Gratton se cramponnait à l'arrière de la selle.

Tom regarda dans le rétroviseur et jura. Il appuya de plus belle sur l'accélérateur. L'auto bondit comme animée intérieurement. Puis dans un vrombissement terrible, la motocyclette arriva en trombe à notre hauteur; elle nous dépassa et vint se braquer devant nous. Tom poussa un cri et il donna un coup de volant. L'auto fit une embardée, bondit hors d'un fossé peu profond et s'immobilisa dans un bosquet de buissons. Le moteur s'arrêta en pétaradant.

Tom s'est précipité hors de l'auto et s'est mis à courir. Je me suis remise d'aplomb avant de sortir de l'auto en rampant. Les roues de la motocyclette, couchée sur le côté, tournaient dans le vide. Le vieux Gratton a couru à la poursuite de Tom; il était rapide, mais Tom avait une longueur d'avance.

— Ne le laissez pas s'enfuir, ai-je crié, haletante.

Une tache de brouillard rouge heurta les pieds de Tom. Il s'effondra en jurant. Le vieux Gratton se précipita sur lui avant même qu'il puisse se relever pour l'immobiliser. Des mains invisibles tirèrent *Guerre et paix* de la poche de Tom et gardèrent le livre à distance.

Alors, je me suis assise par terre et j'ai fondu en larmes. Hugo me regardait, ébahi, puis il m'a prêté son mouchoir.

17

Jean arriva sur les lieux une minute plus tard au volant du vieux camion de livraison de la pharmacie Gagnon. Il s'est d'abord assuré que Hugo et moi étions sains et saufs, puis il a agrippé Tom pour le maintenir au sol. Mlle Petitpas, toujours invisible, en profita pour remettre *Guerre et paix* au vieux Gratton.

— Nickie n'est pas blessée, dit Hugo à Jean.

— Je ne me pardonnerai jamais de ne pas t'avoir cru, Nickie! Si quelque chose t'était arrivé...

— Ça va, Jean, ai-je répondu en essuyant mes larmes, nous aussi nous avons eu du mal à croire qu'un meurtrier vivait à Val-Robert.

M. Gratton avait raconté toute la vérité à Jean quand il s'était aperçu que Tom nous entraînait hors de la bibliothèque. Il semble que Gratton en savait plus long que nous ne croyions et qu'il soupçonnait plus de choses que nous n'imaginions. Mais il ne pouvait en être sûr jusqu'à ce que nous découvrions l'indice accusateur ou que le tueur fasse un faux pas. Il montra alors le testament à Jean.

L'officier de police de Hubertville arriva enfin — le père de Jean lui avait téléphoné — et passa les menottes à Tom. Jean regarda son ami dans les yeux un long moment:

— Je ne comprends pas, dit-il enfin. Comment l'argent peut-il avoir autant d'importance pour toi?

— Tu ne m'as jamais vraiment compris, n'est-ce pas? répliqua Tom avec amertume.

Il ne me paraissait plus aussi beau, maintenant: il avait l'air colérique et méchant.

Le policier l'emmena.

— J'imagine que vous êtes un héros à présent, dit Jean à Gratton.

Le vieil homme, ne sachant plus très bien quoi faire de ses pieds, se racla la gorge:

— Rien d'extraordinaire à conduire une motocyclette et à terrasser un homme.

— Je ne savais pas que vous pouviez conduire une moto?

— J'peux pas, dit-il, le sourire aux lèvres. J'en aurais long à raconter là-dessus.

Soudainement, j'ai été prise d'une quinte de toux!

Nous sommes tous rentrés en ville dans le camion de livraison de Jean. Quant à la motocyclette, le vieux Gratton avait affirmé qu'il n'y avait pas lieu de s'en inquiéter et personne ne lui a posé de questions. Pour Hugo et moi, assis à l'arrière du véhicule, il faisait bon sentir le vent dans nos cheveux.

Le vieux Gratton a été déclaré le héros du jour pour nous avoir sauvés, Hugo et moi; la réunion prévue pour discuter de la fermeture de la bibliothèque s'est transformée en une longue suite de discours visant à nous remercier, nous, pour notre travail de détective, et Gratton pour sa bravoure. C'était embarrassant!

Or, deux bonnes choses ont résulté de cette réunion. Quand Mme Lebeuf a demandé à Gratton ce qu'il désirait comme récompense, le vieil homme a répondu qu'il songeait à se retirer de la profession de clochard et à occuper un emploi respectable. Devenir concierge et gardien de la bibliothèque lui conviendrait parfaitement. Et il garantissait qu'il n'y aurait pas d'accident de sitôt. De plus, il n'exigeait pas un salaire élevé: trois bons repas par jour et un lit de camp dans le bureau pour dormir seraient plus que suffisants.

Gratton fut embauché sur-le-champ et gratifié d'un léger salaire. Il y eut un tonnerre d'applaudissements, même de la part des dames de la Société philanthropique. Elles semblaient avoir perdu leur aversion pour les pauvres. Or, à ce moment-là, Larocque s'est levé avec raideur pour déclarer qu'il en avait assez de cette ville démente et qu'il donnait sa démission immédiatement. Cette annonce fut saluée de hourras, çà et là!

Je m'étais endormie pendant que Mme Lebeuf zézayait le mot de la fin, juste après la partie concernant son t...talent pour le s...surnaturel. À mon réveil, tout le monde était parti sauf M. Gratton et Hugo. Gratton argumentait, mais pas contre Hugo.

— Soyez pas aussi têtue, bon Dieu! disait-il.

Personne ne répondit.

— Ça me dérange pas une miette que vous soyez morte, déclara-t-il.

— Cela ne se fait pas, répondit une voix faiblement. Vous ne pouvez plus me courtiser à présent: vous devrez trouver une compagne vivante.

— J'veux pas d'une femme vivante. Y en a pas une autre qui joue au poker comme vous.

— Je ne puis plus jouer maintenant. Mes verres sont brisés.

— Eh bien, j'vais vous en procurer d'autres. Rien de plus facile.

Une blouse à carreaux rouges se dessina alors à côté de Gratton; des parties d'une jupe apparurent sous celle-ci.

— Vraiment? s'exclama Mlle Petitpas dans un souffle.

Un sourire timide flottait au-dessus de la blouse rouge quand j'ai quitté la bibliothèque, sans bruit, suivie de Hugo.

Il fallut un certain temps avant que le testament écrit sur les feuilles de garde de *Guerre et paix* soit déclaré légal. L'écriture a d'abord été analysée, puis le testament authentifié. Après quoi, Jean a pu rouvrir l'Horlogerie et les activités ont repris en moins de deux. Mon père est revenu à Val-Robert pour reprendre son ancien emploi, comme beaucoup de ses amis d'ailleurs, quand ils ont appris la nouvelle. Hugo et moi avons reçu trois nouvelles offres d'emploi: à la quincaillerie, à la station-service et à la pharmacie.

— Il n'est pas question que je quitte la bibliothèque, ai-je répondu chaque fois avec le sourire.

— Moi non plus, répliquait Hugo.

Les habitants de Val-Robert hochaient la tête en riant.

Hugo et moi avons rédigé le mystère tel qu'il apparaît devant vous. Nous avons envoyé notre récit à SUPER-MOUSSE (avec l'ingrédient mystère). Un certain M. Landry nous a répondu qu'il trouvait notre histoire la meilleure de toutes, mais qu'elle n'était pas entièrement vraie, n'est-ce pas? Nous devions donc nous contenter du deuxième prix, le voyage en Floride. Hugo a écrit à nouveau en demandant le troisième prix à la place. M. Landry a répondu que la requête s'avérait des plus inhabituelles, mais que, compte tenu du fait que Hugo et moi étions trop jeunes

171

pour voyager seuls, il ferait livrer la machine à laver, après tout. Mme Caron, la mère de Hugo, nous a invités à dîner, mon père et moi, pour fêter l'événement. Hugo a même accepté de me montrer sa collection de timbres après le repas.

En fait, c'est moi qui le lui avais demandé. Toute cette aventure devait m'avoir dérangée tout de même un peu! Mais je me suis dit que, si Hugo pouvait essayer de jouer au base-ball, je pouvais faire l'effort de comprendre le genre de choses auxquelles il s'intéressait.

Mme Lebeuf a presque laissé tomber l'idée d'engager un nouveau bibliothécaire en constatant combien le vieux Gratton se tire bien d'affaire. Elle l'aime davantage depuis qu'il est devenu un héros. D'ailleurs, depuis la réception d'un paquet envoyé par la *Compagnie d'articles d'optique pour une meilleure vision*, Gratton semble connaître la bibliothèque comme sa poche. Personne n'a jamais pu lui poser une question à laquelle il n'a pas su répondre. Et quand quelqu'un désire un bon livre, il le trouve immédiatement. Par ailleurs, la bibliothèque se modernise chaque jour. Tout cela en dépit du fait qu'il jure n'avoir jamais lu un livre de sa vie.

Le plus drôle, c'est qu'il a pris l'habitude de se tenir la tête de côté comme s'il écoutait une voix dans son oreille. Et tard la nuit, on entend des claquements de cartes dans le

172

bureau de la bibliothèque et le cliquetis des pièces de monnaie, souvent accompagnés d'un rire timide et fantomatique.